Das Buch

Ein Bursche vom Land kommt in die große Stadt und wundert sich. Aufgewachsen in der Provinz, sucht er sein Glück in Berlin und findet Arbeitslosigkeit, Niedriglohn-Jobs, Vampire im Hinterhaus und einen Winter, der alles tiefgefriert, was nicht in der Nähe einer Zentralheizung steht. Aber er findet auch die große Liebe, das Jessner-Eck und Gott in den Rillen einer Tischplatte. Mit anarchischem Humor und schrägem Witz berichtet Anselm Neft in 28 Kurzgeschichten vom Überlebenskampf in einer deutschen Großstadt.

Der Autor

Anselm Neft, geboren 1973 in einem Stall bei Bonn, lebt als Autor in Berlin. Allerlei Studien und Tätigkeiten, u. a. als Religionswissenschaftler, Deutschlehrer, Schalmeibläser, Etikettenpresser, Medikamententester, Unternehmensberater, Tellerwäscher und Stadtführer. Er schreibt eine Kolumne im *Tagesspiegel* und ist Mitherausgeber von *Exot*, einer Zeitschrift für komische Literatur. Zuletzt erschien unter seiner Mitarbeit »Götter, Gurus und Gestörte« im Satyr-Verlag.

Anselm Neft

Die Lebern der Anderen

Geschichten aus der Großstadt

Ullstein

Besuchen Sie uns im Internet:
www.ullstein-taschenbuch.de

Dieses Taschenbuch wurde auf FSC-zertifiziertem Papier gedruckt.
FSC (Forest Stewardship Council) ist eine nichtstaatliche, gemeinnützige
Organisation, die sich für eine ökologische und sozialverantwortliche
Nutzung der Wälder unserer Erde einsetzt.

Originalausgabe im Ullstein Taschenbuch
1. Auflage Februar 2010
© Ullstein Buchverlage GmbH, Berlin 2010
Umschlaggestaltung: HildenDesign, München
Illustration: © Oliver Wetter
Satz: LVD GmbH, Berlin
Gesetzt aus der Exelsior
Papier: Pamo Super von Arctic Paper Mochenwangen GmbH
Druck und Bindearbeiten: CPI – Ebner & Spiegel, Ulm
Printed in Germany
ISBN 978-3-548-28086-8

Inhaltsverzeichnis

Vorwort

Meine Besuche in Berlin sind immer Niederlagen gewesen. Einmal besuchte ich ein Mädchen, in dem ich meine feste Freundin sah. Sie hingegen sprach von einer Affäre, noch dazu einer beendeten. Damals irrte ich tagsüber durch ein winterliches Berlin und fragte nicht nach Sonnenschein; abends stand ich in ihrer Küche und bereitete schmackhafte Mahlzeiten für uns zu: für sie, für mich und für Christian aus Hamburg, der bei ihr im Zimmer schlief, während ich es mir auf einer Isomatte in der Küche bequem machte.

Das nächste Mal führte mich ein Vorstellungsgespräch nach Berlin. Ich wollte in die Redaktion eines Studierenden-Magazins einsteigen. Wieder war es Winter, wieder heulten gnadenlose Winde durch die grau-braunen Straßenschluchten. Es war so kalt, dass mir das Quecksilber in den Amalgamfüllungen gefror, um später im heizungsluftstrotzenden Stubendunst zu tauen, zu bersten und in meinen Rachen zu suppen. Noch in der gleichen Nacht stellte sich ein beträchtlicher allergischer Hautausschlag ein. Als ich anderntags das Gespräch mit Chefredakteur Engelmann führte, erinnerten die Beulen in meinem Gesicht an extragroße Blindenschrift. Dies wäre vermutlich kein Problem gewesen, hätte nicht gleichzeitig das engelmannsche Gesicht eine schwere Akne gezeichnet. Anstatt sich mit mir im Leiden zu verbrüdern, fühlte er sich offenbar von Anfang an vorgeführt. Vielleicht betonte ich auch etwas zu oft, dass es sich in meinem Fall um einen kurzweiligen Schub handelte und mein Gesicht bald wieder glatt sei. So zumindest lautet meine offizielle Begründung für das Scheitern meiner Journalistenlaufbahn.

Das dritte Mal reiste ich nach Berlin, um mich mit meinen Kurzgeschichten auf den Lesebühnen der Stadt zu versuchen. Widerwillig ließen mich die Veteranen der Bühne »LSD – Liebe statt Drogen« ans Mikrofon, nicht ohne mehrfach zu rauen: »Aber lies was Lustiges, und nicht länger als fünf Minuten.« Auch wenn ich mich beinahe an diese Zeitvorgabe hielt: Die Aufmerksamkeitsspanne des Berliner Publikums erstreckte sich in meinem Falle auf etwa dreißig Sekunden. Mit lachendem Gesicht hatte ich mich als Bonner, ja als Rheinländer vorgestellt, als jemanden, dem – haha – der Witz im Blute liege. Ich sagte noch: »Also, dann lese ich jetzt einfach mal meinen lustigen Text vor«, als auch schon ein Reden und Gläserklirren im Saal anhob, das bis zum Ende meines Vortrages andauerte. Ich versuchte, nicht so laut zu lesen, um die Kneipengäste nicht bei ihren Gesprächen zu stören. Erst als mir jemand das Mikrofon aus der Hand nahm und rief: »Bitte ein Applaus für Hans Elm«, kehrte kurz Ruhe ein.

Zum Abschluss des Abends standen alle Vortragenden gemeinsam auf der Bühne und sangen ein Abschlusslied. Auch ich durfte mich dazustellen, allerdings hatte man mir aus unerfindlichen Gründen einen Poncho übergeworfen. Wenigstens damit schien ich für ein wenig Heiterkeit zu sorgen.

Danach saß ich verloren mit einem Bier in der Ecke, bis schließlich ein Mädchen zu mir kam. »Hat mir juut jefallen, dein Text.«

»Ehrlich?«

»Ja, war lustig jewesen, dit mit dem Kind und dem Hund.«

»In meinem Text kamen kein Kind und kein Hund vor.«

»Ach so, denn warst du dit janich.«

»Nee.«

»Ach Scheiße, du bist doch der verstrahlte Wessi! Boh, Alter, also weeßte?! Such dir mal 'n anderet Hobby.«

An diesem Abend fasste ich den Entschluss, nach Berlin zu ziehen. Nach Berlin zu gehen und zu bleiben, bis mich die Poncho-Überwerfer anflehen, bei ihnen aufzutreten, bis ostdeutsche Mädchen reihenweise um meine Gunst buhlen, bis mir Redakteure großer Tageszeitungen eine eigene Kolumne anbieten, bis mir die Tundra-Winde des Berliner Winters wie ein laues Lüftchen erscheinen, kurz: zu bleiben, bis mir die Stadt zu klein geworden ist.

Als ich meiner Mutter im Dorf meiner Kindheit von diesem Vorhaben erzählte, erwähnte sie überraschend, dass sie mich durch eine Art Engel empfangen habe. Unter Schmerzen, aber unbefleckt sei ich von ihr in die Welt gesetzt worden, auserkoren, eines Tages an ihrer Seite als Messias von Wachtberg-Pech über Mensch und Vieh zu herrschen. Meinen universitären Umzug in das zwölf Kilometer entfernte Sündenbabel Bonn habe sie hingenommen, wohl wissend, dass ein junger Mensch Lehr- und Wanderjahre benötigt, um zu reifen. Nun aber sei ich im dreißigsten Jahr, und bei ihr im Hause gäbe es reichlich Platz.

Meine Mutter merkte, dass ich ins Grübeln geriet, und zeichnete mir eine wundervolle Zukunft, in der ich als größter Literat unseres Ortes unangefochten in der Kreissparkasse, der evangelischen Bücherei oder auch einmal in der Aula von Wachtberg-Berkum würde lesen können. Ich würde schreiben, sie würde kochen, und alles wäre gut. Ich bat mir einen einsamen Gang durch die Gemeinde aus. Die Hände auf dem Rücken, schritt ich durch die Straßen, grüßte hier einen Rentner, tätschelte dort ein Kind. Ein Geländewagen mit Allradantrieb fuhr an mir vorbei, am Heck einen Aufkleber, den viele Dörfler ihr Eigen nannten: »Zum Glück gibt's Pech.« Mir wurde etwas flau.

Ich kehrte zu gedecktem Apfelkuchen und Mutter zurück und sprach: »Manchmal wache ich nachts schweißgebadet auf und glaube minutenlang, in einem stinkenden Poncho zu stecken. Ich muss nach Berlin.«

Meine Mutter weinte nicht. Vielmehr lächelte sie hintersinnig, reichte mir ein liebevoll genähtes, schreiend buntes »Metropolengewand«, mit dem ich in der großen Stadt »mächtig was hermachen« würde. Dann wünschte sie mir viel Glück und verabschiedete mich mit den Worten: »Bis bald, Schätzchen.«

Wie so viele Menschen, die sich weder voll und ganz auf eine neue Beziehung noch auf eine neue Stadt einlassen können, verliebte ich mich wenige Tage vor der Abreise in eine Frau, die gerade aus München nach Bonn gezogen war und die sich weder voll und ganz auf eine Beziehung noch auf Bonn einlassen wollte. Der Beginn der anrührendsten Fernbeziehung der Weltliteratur.

Die perfekte Grußformel

Seit zwanzig Minuten sitze ich vor einer Mail und kann sie nicht abschicken. Ich schreibe einem M. oder einer M. Gärtner, dass ich mich für seine oder ihre Wohnung in Neukölln interessiere und mich über einen Besichtigungstermin freuen würde. Wie aber rede ich eine Person an, die auf der Homepage www.wg-gesucht.de ein Zimmer inseriert hat, ohne anhand des Vornamens ihr Geschlecht kenntlich zu machen?

Liebe/Lieber Gärtner? Das ist doppelt blöde. Man redet die jungen oder sich jung wähnenden Menschen dieser Börse nicht mit Nachnamen an, ohne sich gleich als Provinzler zu verraten. Und ein gemischtgeschlechtliches Doppel, getrennt durch einen Schrägstrich, gleicht einer ästhetischen Bankrotterklärung, mit der niemand eine Mail eröffnen sollte, der sich vom Empfänger oder der Empfängerin eine Antwort erhofft.

Ich schreibe etwas anderes hin: »Hallo«. Ich starre einige Augenblicke auf dieses Wort, an dessen Ende ein trauriges Komma baumelt, dann lösche ich es wieder. Bei einem offiziellen Schreiben könnte ich mich hinter einem »Sehr geehrte Damen und Herren« verstecken. Kurz überlege ich, ob ich die Mail in Englisch verfassen soll. »Dear Gardener«, oder besser: »Dear M., I am interested in your room and would like to have a Besichtigungstermin.« Nein, nein. So geht das nicht.

Vielleicht wirkt das »Hallo« weniger peinlich, wenn ich es mit einem Zusatz versehe. »Hallo erst mal.« Nein. Vielleicht: »Hallo, wer immer du bist.« Auch nicht. »Hallo M. mit dem unbekannten Geschlecht.« Mir wird langsam klar, dass ich auf eine Anrede verzichten muss. Das ist zwar unhöflich, aber allemal besser als alles, was mir bisher eingefallen ist.

Die nächste Hürde ist die abschließende Grußformel. »Gruß« allein klingt zu trocken, beinahe autistisch. »Gruß«, das klingt wie der Name eines Orkfürsten oder eines neuen amerikanischen Tiefkühlschnitzels, das man im Toaster zubereiten kann. »Have it hot, have it gruß!« – »If you like meat, you will love gruß.« Es ist undenkbar, eine Mail, an wen auch immer, mit einem furztrockenen Gruß zu beenden.

»Grüße« klingt schon netter, es stellt sich aber die Frage, warum der Absender geglaubt hat, ein Gruß reiche nicht aus und er müsse unbedingt mehrere entrichten. Überhaupt, was ist ein Gruß? Was bedeutet das Wort eigentlich? Im Prinzip doch dasselbe wie »Hallo«. Ein »Hallo« am Mailende wirkt allerdings komplett bekloppt. Was bedeutet »Hallo« eigentlich? Ich habe schon Tausende Male »Hallo« gesagt und geschrieben und gehört, ohne dass mir wirklich klar war, was es bedeutet. Bisher bin ich gut damit zurechtgekommen, aber jetzt fühle ich mich verstört.

Gruß geht nicht, eine unbestimmte Menge an Grüßen auch nicht. Schreibe ich aber »Zwei Grüße«, könnte mich der Empfänger der Mail, der – also die – auch eine Empfängerin sein könnte, für kleinlich halten. Wenn ich schon mehr als einen Gruß springen lasse, dann sind ja wohl auch drei oder vier drin. Warum nicht »Viele Grüße«?

»Viele Grüße« ist eine der leersten Grußformeln, die es gibt. Ein Gruß wird ja nicht dadurch in irgendeiner Weise aufgewertet, dass er sich vervielfältigt. Es schreibt ja auch niemand zu Beginn »Viele Hallos« oder »Mehrfach lieber M.«. Denkt man an jemanden, der einem »Viele Grüße« ausrichtet, schleicht sich das Bild eines Verhaltensgestörten ein, der dreißigmal nacheinander automatenhaft »Gruß« sagt, weil seine Platte einen Sprung hat. So einem vermietet man doch kein Zimmer.

»Beste Grüße«, da schwingt deutlich etwas Qualitatives mit. »Beste Grüße« sollen es sein. »Premiumgrüße«. Vielleicht auch ein einziger wohlplatzierter »1-A-Gruß« oder ein »Gruß de luxe«. Deutschland sucht den Supergruß, und ich habe ihn gefunden und sende ihn an M.

Wenn ich nun aber bereits für einen völlig fremden M., bei dem es sich mit gleicher Wahrscheinlichkeit um eine M. handeln kann, »Beste Grüße« herausrücke, dann stellt sich die Frage, wie ich meine Freunde und Freundinnen in einer Mail verabschiede. Mit allerbesten Grüßen? Mit Grüßen, noch besser als die besten Grüße?

Während ich über die passende Grußformel nachdenke, fällt mir ein, wie ich vor zwei Tagen versucht habe, meiner neuen Fast-Freundin im Geiste den ersten Liebesbrief zu schreiben. Er durfte kein falsches

Wort enthalten, keinen Missklang, nichts, was ich in der Zukunft bereuen würde. Am Ende schrieb ich: »Liebe Anna. Dein Anselm.« Dann dachte ich noch ein paar Stunden über die vier Worte nach und strich das »Dein« schließlich durch. »Liebe Anna. Anselm« ist vielleicht nicht der schönste Liebesbrief, der je im Geiste geschrieben wurde, aber er kann doch eine selten erreichte Aufrichtigkeit für sich verbuchen, auch wenn ich mir nicht rund um die Uhr sicher bin, dass das Adjektiv »Liebe« vor »Anna« den Sachverhalt treffend wiedergibt. Hätte ich aber nur »Anna. Anselm« geschrieben, hätten Skeptiker zu Recht fragen können, ob es sich bei dem imaginierten Schriftstück denn überhaupt um einen Liebesbrief im engeren Sinne handelt.

Aber solche Überlegungen nutzen hier nichts. Ich verwerfe weitere Grußformeln: »Schöne Grüße«, »Es grüßt«, »Mit Grüßgruß«, »Winke, winke«, das moderne, aus dem Amerikanischen entlehnte »Bestes«, ein sinnfreies »Alles Gute« und spontane Eingebungen wie »Gott mit dir« und »Ich segne dich«.

Schließlich schreibe ich unter den grußlos begonnenen Text einfach nur meinen Namen. Sechs Stunden später bekomme ich eine Antwort: »hi anselm, sorry. das zimmer is schon weg. hau rein. M.«

Schlag Mitternacht
in Friedrichshain

Ich fahre mit einem gemieteten Kleinlaster voller Krempel an den östlichsten Rand von Friedrichshain und staune über die vielen Geschäfte mit Grufti-Accessoires. Seltsam nur, dass ich keinen einzigen Schwarzromantiker sehen kann. Aber vielleicht ist es denen noch zu früh.

Vor dem Eingang meiner neuen Behausung empfängt mich ein zerzauster Mann im Namen der Hausverwaltung. Ich halte ihm die Hand hin, er nuschelt »Wunsiedel« und geht mir voraus, während ich meine ausgestreckte Hand wieder einfahre. Wir passieren eine Installation aus Briefkästen, Graffiti, Bierflaschen und dickflüssigen Pfützen, steigen im Treppenhaus mit Parkhaus-Charme in den ersten Stock und stehen kurz darauf in einer 1-Zimmer-Wohnung. Es ist sehr dunkel. Wunsiedel drückt einen Lichtschalter neben der Wohnungstür. Es bleibt dunkel.

»Ganz schön dunkel«, sage ich.

»Wartense mal den Winter ab, bevorse hier von dunkel reden«, sagt Wunsiedel.

Ich taste mich zum Fenster im Schlafzimmer vor, öffne es und blicke auf einen Innenhof: Vier braunblätternde Fassaden schließen einen toten Baum auf öder Fläche ein. Es ist totenstill. Nur ein paar Fahrräder deuten darauf hin, dass hier Menschen wohnen.

»Aber schön ruhig«, sage ich.

»Ist ja Tag«, sagt Wunsiedel und geht grußlos davon.

Vielleicht hätte ich die Wohnung nicht übers Internet anmieten sollen – ohne Fotos und ohne Besichtigung. Aber nun bin ich hier und versuche, mich auf die guten Seiten zu konzentrieren: Ich kann in meinem neuen Zuhause duschen und gleichzeitig kontrollieren, ob die Spaghetti gar sind. Der gelborangefarbene, mit dem Schwamm aufgetragene Wandanstrich erinnert mich an die Lieblingspizzeria meiner frühen Jugend. Und im Herd finde ich als Willkommensgruß noch eine Art Lasagne oder Tiramisu.

Gegen 22.00 Uhr denke ich gerade darüber nach, ob mich ein aus dem Klo dringender Jauchegeruch auf Dauer stören wird, als es dreimal kurz und hart an der Tür klopft. Noch ehe ich einen klaren Gedanken fassen kann, habe ich die Tür bereits geöffnet und finde mich im Dreivierteldunkel des Treppenhauses einem Wesen gegenüber, das an das Michelin-Männchen erinnert, nur dass es deutlich fetter ist. Das Wesen trägt ein schwarzes Samtgewand und auf dem Kopf ein Federmützchen, aus dem schwarze Haare zu beiden Seiten des imposanten Gesichtes herabhängen wie glänzende Nacktschnecken nach dem Regen. Es riecht nach Weingummi.

»Guten Abend«, sagt das Wesen mit nasaler Stimme.

»Guten Abend«, sage ich.

»Ich komme von der anderen Seite.«

»Vorderhaus?«, frage ich höflich.

Das Wesen lächelt finster. »Mein Name ist Dominique. Darf ich eintreten?«

»Äh, natürlich.« Ich mache dem Wesen Platz.

»Ihr gewährt mir also Gastrecht?«

Ich brauche ein paar Augenblicke, um den Satz zu verarbeiten, dann sage ich: »Ja.«

Mit bedeutungsvoller Miene tritt das Wesen über die Schwelle und blickt prüfend in meine Wohnung.

»Immer noch diese traurige, aber letzthin auch erhabene Aura. Spürt Ihr dieses Leuchten aus den Wänden?«

»Schimmel?«

»Es ist sie«, sagt das Wesen und nickt sehr bedächtig.

»Wer?«

»Die schöne Agathe. Der 7. Juli 1888. Kein Mieter seitdem.«

Hundertneunzehn Jahre! In diesem Augenblick bedauere ich, ein Stück von der Lasagne bzw. dem Tiramisu versucht zu haben.

»Hier hat sie gehangen.« Das Wesen deutet auf die Decke im Schlafzimmer.

»Wein?«, versuche ich Dominique von offenbar trüben Erinnerungen abzulenken.

»Wein? Ich trinke niemals Wein.«

Wir schweigen. Mittlerweile ist die Nacht hereingebrochen. Nach und nach füllen sich einige schwarze Vierecke in den Fassaden rings um den Hof mit gelblichem Licht.

»Nun denn«, sagt Dominique plötzlich. »Entschuldigt mich. Ich habe zu tun.« Hocherhobenen Hauptes schreitet das Wesen an mir vorbei. Kurz kitzelt die Feder seines Hütchens meine Nasenspitze. Die Tür fällt ins Schloss. Ich bin wieder allein.

Die erste Nacht in einer neuen Wohnung ist immer irgendwie komisch. Trotz einiger Gläser Wein kann ich keinen Schlaf finden. In der Nase habe ich Jauche und Weingummi, vor Augen die schöne, von der Decke hängende Agathe, in den Ohren merkwürdige Geräusche, die eindeutig vom Innenhof zu mir in die erste Etage dringen. Ich wälze mich ein paarmal hin und her, dann stehe ich auf und gehe zum Fenster. Aufgrund des merkwürdigen Klimperns und Murmelns, das von draußen zu mir dringt, ahne ich schon, dass mich ein ungewöhnlicher Anblick erwartet. Womit ich aber nicht rechne, ist, dass sich das Friedrichshainer Grufti-Rätsel löst: Hier stecken die also. Hier bei mir auf dem Innenhof. So weit das Auge reicht: in Schwarz und Weiß gewandete Frauen und Männer, ausgestattet mit Spinnenbroschen, Runen, Kreuzen, Totenschädeln, gekreuzten Knochen, Fledermäusen, Ankhs, allsehenden Augen, Rubinen, Wolfsköpfen, Dämonen mit Flügeln, Dämonen ohne Flügel, Gehstöcken mit silbernem Knauf, Umhängen, bodenlangen Gewändern, Schleppen und Schärpen, Handschuhen, Lackstiefeln – alles angeleuchtet von den unruhig tanzenden Flammen einiger Pechfackeln. Erhöht aber steht Dominique und gebietet dem raunenden Volk plötzlich Einhalt. So leise wie möglich öffne ich das Fenster, um zu hören, was gesagt wird. Dominique näselt in den Nachtwind, während der Mond genau von oben auf den bevölkerten Hof

19

fällt und der Schein der Pechfackeln das feiste Gesicht in immer neuen grotesken Schattierungen ausleuchtet: »Blutlinie der Baali. Hört mich an. Wie im Buch Nod geschrieben, ist dies die Nacht, da einer der dreizehn Vorsintflutlichen in der Stadt ist. Gehenna ist nah, unsere Zeit der Rache gekommen. Vorher müssen wir jedoch unser Haus reinigen. Ein Fremder ist …«

Ich ducke mich vom Fenster weg und suche nach meinem Handy. Dabei stolpere ich über einen unausgepackten Karton und schlage der Länge nach hin.

»Er muss uns einlassen«, höre ich von unten, »er hat mir Gastrecht gewährt.«

Mein Herz klopft in meinen Mandeln, obwohl man sie mir vor Jahren herausoperiert hat. In dieser Hochburg der Grabgestalten beginnen offenbar selbst längst vergessene Körperteile zu spuken. Ich greife nach meinem Handy und rufe meine neue Freundin an, obwohl sie viele Hundert Kilometer entfernt wohnt. Kaum höre ich ihre verschlafene Stimme, flüstere ich ins Telefon: »Ich habe Angst. Im Innenhof stehen so Vampirtypen und wollen mich holen.«

»Aha.«

»Es ist ernst, und ich will mich nicht bloß wichtigmachen.«

»Ich hab doch gesagt, guck dir die Wohnung erst an, aber …«

»Jetzt ist keine Zeit für …«

»Darf ich dich kurz zitieren: Ich liebe Verwicklungen.«

»Ja, aber …«

»Es ist immer dasselbe: Oh – ich muss dieser armen suchtkranken Tänzerin helfen. Oh – ich fahr nur eben ein paar Autos für die netten Armenier über die Grenze. Oh – in der nächsten Pokerrunde hol ich mir alles zurück. Und das alles in drei Monaten!«

»So bin ich halt: impulsiv und offen für Ungewöhnliches.«

»Offen für Schwachsinn. Du hast bloß Angst vor Langeweile.«

»Jetzt gerade hab ich ein Vampir-Problem.«

»Und wie soll ich da helfen?«

»Du weißt doch sonst alles besser.«

»Anselm, ich leg gleich auf.«

Ein Rascheln und Tappen zeigt mir an, dass sich die Baali in Bewegung gesetzt haben und nun durchs Treppenhaus ihren Weg zu meiner Wohnung nehmen.

»Wenn es Vampire sind, dann brauchst du Knoblauch, Weihwasser, Kreuze und einen geweihten Eichenpfahl«, sagt meine Freundin, mit dieser »Ich-erklär-einem-kleinen-Kind-die-Welt«-Stimme.

»Das weiß ich selbst«, sage ich. »Ich habe mich schon mit Vampirismus beschäftigt, da warst du noch nichts als das geile Leuchten im Auge deines Vaters.«

»Typisch. Der Vater war geil. Die Mutter lag nur so rum in ihrer Duldungsstarre. Du solltest deine Rollenbilder mal hinterfragen.«

»O Mann«, rufe ich und haste in die Küche. Tatsächlich hängt dort ein Knoblauchzopf. Ich greife ihn mir und überlege gerade, ob ich auch das 119 Jahre alte Lasagne-Tiramisu als Wurfgeschoss einsetzen soll, als etwas an meinem Türschloss knackt. Natürlich habe ich nicht von innen abgeschlossen.

»Ich sterbe vermutlich gleich«, sage ich so gleichgültig wie möglich ins Handy.

»Das hast du auch neulich auf dem Veganer-Brunch gesagt.«

»Nein, das war, als du und dein Exfreund über den Ästhetik-Begriff bei Kant gesprochen und dabei immer so komisch gelacht habt, und mein exakter Wortlaut …«

Ich höre ein Klicken, einen kleinen Knall, und plötzlich steht die Tür offen. »Nichts für ungut«, höre ich eine näselnde Stimme, »aber Gastrecht ist Gastrecht.« Ich werfe die erste Knoblauchknolle, während ich das Handy an mein Ohr klemme. Ich werfe eine weitere Knolle und treffe eine der Gestalten, die zu meiner Tür hereinquellen. Das Scheusal greift sich an den Hals und taumelt röchelnd zurück. Eine junge Frau in Lackstiefeln ruft kopfschüttelnd: »Melmoth Bathory! Du bist jetzt bei den Baali, die reagieren nicht auf Knoblauch.« Melmoth fasst sich sofort wieder.

Aus dem Handy kommt keine Antwort. Ein Blick aufs Display zeigt mir, dass meine Freundin aufgelegt hat.

»Na super«, brülle ich. »Wisst ihr Scheißvampire eigentlich, wie das ist, wenn man sich mit seiner Freundin streitet und die legt einfach auf und ist über 600 Kilometer entfernt?«

Die drängende Meute verharrt still. Die Frau in den Lackstiefeln sagt nach einer Pause: »So, wie wenn sie drei Kilometer entfernt ist? Aber wir spielen hier *Vampire* und nicht Beziehungsstress.«

»Richtig«, nickt das Michelinmännchen. »Du bist in ein Rollenspielerhaus gezogen. Schau mal in deinen Vertrag. Handytelefonate zur Spielzeit sind gegen die Regeln.«

In diesem Moment summt mein Handy. Es ist sie.

»Ja?«

»Lebst du noch?« Es ist die liebe Stimme.

»Ja, aber ich bin jetzt Rollenspieler.«

»O nein, wie peinlich.«

»Ja, steht im Mietvertrag.«

»Ich frage mich, wie ein einzelner Mensch so doof sein kann.« Es ist die weniger liebe Stimme.

»Verkopfte Spaßbremse«, sage ich.

»Wie bitte?« Es ist die böse Stimme. Wir schreien uns noch allerhand Wörter durch halb Deutschland zu.

Aus dem Augenwinkel sehe ich, wie Dominique mit traurig hängenden Schultern den anderen ein Zeichen zum Abmarsch gibt. Missmutig zieht der ganze Tross zurück ins Treppenhaus. Es wird eine sehr einsame Nacht.

Auf dem Spielplatz

Wenn es gar nicht anders geht, vertraut mir ein be-
freundetes Paar seine Tochter an. Sie heißt Franziska,
ist drei Jahre alt und trägt für gewöhnlich großen
Ernst und wissenschaftliche Neugier zur Schau. In
meiner Gegenwart hat sie sich bereits an einer Assel-
Dressur versucht, einen vor sich hin lallenden Rentner gewissenhaft imitiert und ein Häufchen Erbro-
chenes gründlich mit einem Stock untersucht. Der
Umgang mit ihr ist sehr angenehm, so dass ich mir
manchmal wünsche, dass dem befreundeten Paar noch
öfter die Nerven blankliegen.

Besonderen Spaß haben Franziska und ich auf dem
Spielplatz, der in der Mitte des Helmholtzplatzes im
Prenzlauer Berg liegt. Attraktion sind dabei nicht
Rutsche, Schaukel und Sand, sondern die Erwachse-
nen, die ihren Nachwuchs hierher bringen. Es handelt
sich um Frauen und ein paar Männer, alle um die dreißig und auf sehr sorgfältige Weise nachlässig gekleidet.

An einem sonnigen Apriltag betreten Franziska
und ich zur Mittagszeit wohlgemut diesen schönen,
hausumringten Spielplatz. Ich gucke lieb, Franziska
ernst. Die Augen einer jungen Mutter leuchten uns
an. Ich setze mich auf eine Bank, hole ein Bier aus
meiner Aldi-Tüte und sage zu Franzi:

»Jetzt such mal nach Kippenstummeln, und wenn du zehn hast, kannst du mir die bringen. Das reicht vielleicht für eine Vollzigarette.« Franzi kann zwar noch nicht bis zehn zählen, aber die Mission scheint sie gut zu finden. Ohne Murren kriecht sie durch den Sand, wie ein Trüffelschwein auf Futtersuche. Ich öffne das Bier mit den Zähnen und beginne meinen Frühschoppen. Neben mir höre ich, wie eine junge Mutter mit Handtasche einer anderen jungen Frau erzählt, dass sie gleich mit Johanna zum Dinkelkeksebacken im Bioladen müsste, sie aber bereits jetzt gestresst sei, weil danach noch der Termin beim Licht-Gestalt-Therapeuten und morgen schon das Früchte-Wichteln in der Kita am Kollwitzplatz auf dem Programm stünde. »Aber was tut man nicht alles«, seufzt sie und lächelt eines dieser entspannten Lächeln, bei deren Anblick sich mein Kiefer unwillkürlich schmerzhaft verkrampft.

Eine andere Mutter hat mich aber bereits auf dem Kieker. Eben hat sie mich noch freundlich angestrahlt, jetzt beäugt sie mich mit einem Misstrauen, als hätte ich statt dem Bier eine Handgranate entsichert. Als ich mir eine Zigarette anstecke, löse ich bei ihr den Impuls zum Handeln aus. Mit bedrohlich im Haar blitzender, hochgesteckter Sonnenbrille kommt sie herbei, setzt sich außerhalb der Schlagweite neben mich auf die Bank und sagt: »Das sehen wir hier eigentlich nicht so gerne.«

Ich bin irritiert. Wer oder was ist »das«? Wer sind »wir«, und warum »eigentlich«?

»Was bitte?«, frage ich.

»Das ist ein Nichtraucherspielplatz.«

Das Wort gefällt mir. Es ist fast so schön wie »Raucherspielplatz«. Ich sage aber nichts, sondern drücke die Kippe auf der Bank aus und werfe sie weg.

»Das ist ja wohl das Letzte«, sagt die Frau. »Wenn das die Kinder in den Mund nehmen!«

»Macht die da ständig!« Ich zeige auf Franziska. »Wenn sie nicht Hundescheiße inhaliert oder auf toten Insekten herumkaut.«

Die Frau stutzt. Dann sagt sie in einem Tonfall, der ohne Training nur von ausgesprochenen Naturtalenten zu bewerkstelligen ist: »Finden Sie das vorbildhaft, was Sie da tun?«

Ich überlege eine Weile, dann antworte ich: »Ich entspanne mich. Damit möchte ich Ihnen ein Vorbild sein.«

»Na ja«, sagt die Frau, in einem anderen, gleichfalls bewundernswert radiotauglichen Tonfall. »Wer sich selbst vergiftet, kann seinen Kindern ja auch nichts anderes beibringen.« Sie nickt zufrieden und geht, ohne mich antworten zu lassen, zurück zu ihrer Bank. Die anderen Erziehungsmanagerinnen gucken, als ob sie applaudieren wollen. Ich rufe zu Franziska: »Und steck die Kippen nicht in den Mund. Wie viele hast du denn schon?« Franziska hat keine. Der Spielplatz am Helmholtzplatz ist rein.

»Was?«, rufe ich, etwas lauter als beabsichtigt. »Keine einzige?«

Franziska beginnt zu weinen. Mein »Macht doch nichts« geht in ihrem sich steigernden Plärren unter. Als Franziska zwischen zwei sirenenlauten Heulern einmal kurz Luft holt, höre ich eine weibliche Stimme »Kein Wunder« zischen.

Zur Beruhigung bereite ich Franziska und mir ein Mittagessen zu. Während die Frauen ihren Kindern selbstgehäckselte Salate mit Omega-3-Fettsäuren einsprühen und proidiotische Joghurts und Naturkind-Möhrensaft kredenzen, öffne ich mit geübten Griffen eine Dose Ravioli von »Ja« und löffele den Inhalt abwechselnd in meinen und in Franziskas Mund. Franziska sieht mich glücklich, fast verliebt an.

Leider fühlt sich nun eine weitere Person berufen, meinen Umgang mit dem Kind zu kritisieren. Ein junger Herr mit kunstvoll zerzauster Frisur und einem schmucken Cordjackett wirft mir einen tadelnden Blick zu.

»Also, ich weiß nicht«, sagt er in meine Richtung.

»Was denn, bitte?«

»Das kann man einem Kind doch nicht zu essen geben.«

»Wieso?«

»Ein Kind braucht Vitamine.«

Ich schaue auf die Büchse. »Stimmt. Von Vitaminen steht hier nix. Aber das Zeug gibt bestimmt Haare auf der Brust.«

»Haare? Das ist ein Mädchen.«

»Und wieso dürfen Mädchen keine Haare auf der Brust haben?«

»Weil … weil … das abartig ist.«

»Entartet?«, frage ich lauernd, aber der Mann im lässigen Cordjackett schüttelt nur noch den Kopf. Dann wendet er sich seinem Jungen zu, der auf dem Kopf einen Fahrradhelm und am Leib ein T-Shirt mit irritierender Aufschrift trägt: Abi 2025.

»Komm, wir gehen nach Hause, Englisch lernen.«
»Will noch spielen«, mault das vielleicht dreijährige Kind. Der Erziehungsberechtigte zeigt bedächtig die Alternativen auf: »Laurentius. Du kannst gerne hierbleiben und spielen und kein Englisch lernen. Dann darfst du dich aber nachher auch nicht beschweren, wenn du auf die Schule mit den ganz vielen Ausländern musst und später in der Fabrik arbeitest.« Ohne weiteren Einwand reicht der Junge seinem Vater die Hand. Offenbar sind ihm die Schule mit den vielen Ausländern und die Fabrik schon deutlich ausgemalt worden.

In diesem Moment kommt Franziska angetrudelt. Stolz präsentiert sie mir einen Zigarettenstummel.

»Na, sauber«, sage ich. Dann rufe ich, so, dass es mindestens die Frau mit der hochgesteckten Sonnenbrille und der Mann im Cordjackett hören können: »Komm, Mandy von Hohenwelferdingen, wir gehen nach Hause. Boxtraining und Spaßnachmittag. Oder willst du später auf eine Schule, wo solche Arschlöcher herumlaufen?« Ich zeige auf den Mann. Franziska besieht ihn eingehend, dann nickt sie ausdauernd mit dem Kopf. Ich zerre sie vom Spielplatz weg. Franziskas ohrenbetäubendes Plärren wird nur ab und zu von einem heulend-anklagenden »Ich heiße nicht von Opferdingen« unterbrochen. »Schluss jetzt!«, herrsche ich das aufmüpfige Kind an. Manchmal muss man in der Erziehung entschieden durchgreifen.

Qi und Chen

Am Tag meines Vorstellungsgesprächs blättere ich vormittags im »Kulturkaufhaus Dussmann« ein wenig durch verschiedene Deutsch-Lehrbücher. Nachmittags nimmt mich Gudrun, Leiterin einer Sprachschule im Prenzlauer Berg, in Augenschein. Zum Glück fragt sie als Erstes, mit welchen Lehrbüchern ich schon gearbeitet hätte. Ich zähle auf: »*Tangram, Delfin, Deutsch perfekt, Themen aktuell* und *Passwort Deutsch.*«

»Und – welches halten Sie für das beste Lehrwerk?«, fragt mich Gudrun, die ein wenig nach Dauermigräne aussieht.

»Nun«, spreche ich bauernschlau, »das perfekte Unterrichtsbuch gibt es nicht, ich arbeite für gewöhnlich mit einer Mischung, die ich durch eigene Materialien anreichere.«

Meine mühevoll gefälschten Empfehlungsschreiben will Gudrun gar nicht mehr sehen. Ich bin eingestellt.

Zwei Tage später stehe ich in einem Kurs auf B1-Niveau, der aus vier Chinesen, zwei Japanern, einer Schwedin, einem Amerikaner und einer Spanierin besteht. Da ich nicht weiß, was ich mit den neun Früchtchen zwei Schulstunden lang anfangen soll, beginne ich mit einer ausgedehnten Vorstellung meiner Person. Die ersten dreißig Minuten erzähle ich von meinem bewegten Leben. Zumindest drei der Chinesen sitzen kerzengerade da und schauen sehr interessiert, während ich vom Verlust meiner ersten großen Liebe und dem Tod meines Vaters erzähle. Die vierte Chinesin aber schlenkert mit den Beinen, kaut am Stift und zeichnet irgendetwas in ihr Buch. Die Japaner schauen weniger interessiert. Die Schwedin blickt mich unter blonder Prinz-Eisenherz-Frisur bitterböse an und macht sich Notizen auf einem Zettel. Der Amerikaner schlägt ständig etwas in einem Taschencomputer nach, und die Spanierin nickt nach kurzer Zeit ein. Irgendwann beschleicht mich das Gefühl, dass auch die Konzentration der Wackersten nachlässt, und ich unterbreche meine spannende Geschichte über ein saulustiges Trinkspiel im Landschulheim und frage einen der Chinesen nach seinem Namen.

»Ho Hang«, sagt er mit konzentrierter Miene.

»Ho Hang?«, wiederhole ich und greife zur Kreide um den Namen anzuschreiben.

»Nei, Hu Hang!«

»Ach so: Hu Hang.«

»Neinei«, er schüttelt energisch den Kopf, »Wu Wang.«

»Ach ja, natürlich: Wu Wang.« Ich schreibe den Namen an die Tafel.

Die rundgesichtige Frau neben ihm meldet sich. »Entschuldigen Sie. Sein Name ist Wolfgang.«

»Wolfgang?« Zögerlich notiere ich den Namen auf ein Blatt.

»Und wie heißen Sie?«, frage ich die Frau.

»Ma-nu-e-la«, silbisiert sie mir, wie einem Kind, das gerade sprechen lernt. Offenbar bin ich in eine Runde deutschstämmiger Chinesen geraten. Warum auch nicht? So etwas gibt's in Amerika und Osteuropa, wieso nicht auch im Reich der Mitte?

Die zwei Restchinesen haben sich allerdings keine deutschen Namen zugelegt. Sie heißen Qi und Chen. Bei Chen handelt es sich um eine neurotisch wirkende Chinesin aus Shanghai. Sie kann keine Minute still sitzen, schneidet dauernd Grimassen, zeichnet amputierte Beine, Arme und Penisse oder legt das Kinn auf den Tisch und sieht einen mit großen Puppenaugen und sekündlichen Wimpernaufschlägen an.

Qi wiederum sitzt stoisch da und lächelt unablässig wie ein Pandabär auf Ecstasy.

Nach dem Unterricht treffe ich ihn auf der Straße, als ich gerade mein Auto aufschließe. »Sie sind sehr lustig«, sagt er, beginnt hinter vorgehaltener Hand zu kichern, dreht sich ruckartig um und läuft davon.

Schon am nächsten Tag habe ich mich richtiggehend vorbereitet. Ich will den Unterschied zwischen Nominativ und Akkusativ erklären und beginne mit einem gutüberlegten Scherz: »Nominativ? Akkusativ? Wer kennt die schon? Und wen interessiert's?« Scheu, wie die Schülerinnen und Schüler nun einmal sind, fallen ihre Reaktionen etwas verhalten aus, aber ich fahre sofort stärkere Geschütze auf. Mimisch und gestisch entfesselt, spiele ich zwei kleine Geschichten nach und schreibe dazu Sätze an die Tafel:

Der Hund beißt den Mann.
Der Mann isst den Hund.

Ich weiß nicht, ob das Beispiel glücklich gewählt ist, aber der Amerikaner lacht, zeigt auf die Chinesen und feixt. Die Chinesen schauen interessiert. Nur Chen kritzelt wie wild ihr Lehrbuch mit dampfenden Gedärmen und abgeschlagenen Köpfen voll. Zwischendurch gibt sie putzmunter völlig unverständliche Antworten und wibbelt mit den Beinen, bis ich selbst ganz nervös werde. Zu beruhigen ist sie nur, wenn sie von ihren Lieblingsbeschäftigungen reden darf: Bier trinken und Diablo II spielen. So bringe ich ganze Viertelstunden rum, indem ich sie von ihren neusten Abenteuern im Battlenet berichten lasse und nützliche Vokabeln wie »Kettenhemd«, »Runenschwert« und »Mana-Punkte« anschreibe.

Hin und wieder lacht Chen unglaublich dreckig aus ihrem Puppengesicht heraus. In der Pause rülpst sie wie ein Eber von einer Dose Cola.

Ich habe mal gehört, dass es in der chinesischen Kultur sehr wichtig ist, sein Gesicht nicht zu verlieren. Mir bleibt im Hinblick auf Chen schleierhaft, durch welche Handlungen man als Chinesin das Gesicht verliert und durch welche nicht.

Qi, der immer neben Chen sitzt und mit großen Augen auf ihre Zeichnungen guckt, kommt aus einer unaussprechlichen Kleinstadt im Norden Chinas. Sein Hobby ist die Dichtkunst. Schon nach einer Woche steckt er mir Aufsätze und Verse zu, die mich jedes Mal ratlos machen. So zum Beispiel eine seiner Filmkritiken:

»Mein Liebesfilm film das ist Die Mumie. Die Wissenschaftler hören nicht und machen falsches geschäft nicht schlau. Gelegenheit macht Diebe doch

Unrecht gut gedeihet nicht. Wenn die Mumie erwacht guter Rat ist teuer und nicht aller Tage Abend, aber viel Tot und schreien. Erst stirbt ein Mann. Dann stirbt ein Mann. Doch zuletzt Lacht der zuletzt Lacht. ich sehr gemocht die Mumie persönlich. Viel lachhaft und Knall ins Kino.«

In der zweiten Woche meines Unterrichts treffe ich Qi beim Lidl um die Ecke. Er hat sich mit Lauch, Tofu und Apfelsaft eingedeckt und wirkt sehr vergnügt, als er mich den Warenkorridor entlangkommen sieht. Es stellt sich heraus, dass wir Nachbarn sind. Qi erkundigt sich gewissenhaft nach meiner genauen Adresse.

Am nächsten Abend klingelt er, als ich gerade ein paar Spaghetti koche. Ein wenig verlegen steht er im Flur und sagt, er will nicht stören, nur »Hallo« sagen. Kurz darauf sitzt er am Tisch und stopft Nudeln in sich hinein. Schließlich sitzt er da und lächelt mich an. Ich lächele etwas hilflos zurück.

Seit diesem Abend schaut Qi mehrmals in der Woche bei mir vorbei. Er kommt nie zu einer festen Zeit, aber interessanterweise immer dann, wenn ich gerade etwas koche oder ein paar Brote schmiere.

Einmal – er hat gerade eine große Anzahl Pellkartoffeln mit Kräuterquark gegessen – wirkt er nach dem Essen melancholisch. Er ist so still und in sich versunken, dass ich mich frage, ob er sich bloß einfach überfressen hat. Ich traue mich nicht, ihn zu fragen. Vielleicht droht Gesichtsverlust. Plötzlich sagt Qi: »Mein Ruh ist hin, mein Herz ist schwer. Es findet sie nimmer und nimmermehr.« Nach einem

Seufzer fügt er hinzu: »Der Liebe Leid währet Ewigkeit.«

»Qi«, sage ich, nach außen hin gefasst. »Das ehrt mich, aber du darfst Respekt vor deinem Lehrer nicht mit Liebe verwechseln. Zumindest nicht mit romantischer und erotischer Liebe.«

Qi sieht mich verträumt an. »Sie ist so schön.«

»Nein, nein. Du wolltest sagen: Sie *sind* so schön«, verbessere ich reflexartig den Lernenden.

»Ist Chen Plural?«

Als Qi den Namen Chen ausspricht, stehe ich mit einem Ruck auf und suche mit fahrigen Bewegungen im Kühlschrank nach einem Nachtisch.

»Ah, natürlich«, sage ich. »Chen. Jajaja. Sie *sind* so schön, die Frauen, nicht wahr?«

Qi gerät ins Reden. Für ihn verkörpert Chen alles, was er bewundert: das Großstädtische, das Wilde, das Eigensinnige und das puppenhaft Hübsche. Gleichzeitig meint er, dass er für sie nichts darstellt, bloß einen Bauernsohn, einen Dorftrottel aus der Provinz, der nicht weiß, womit man einer jungen Dame aus Shanghai imponieren kann. Ich fühle mich vom Unglück des Chinesen persönlich betroffen. Mit einem Eifer, der mir bisher im Berufsleben fremd gewesen ist, verspreche ich Qi, alles zu tun, um aus einer unglücklichen Liebe eine glückliche zu machen.

Von nun an mache ich im Unterricht ständig Partnerübungen, bei denen Qi und Chen zusammenarbeiten. Außerdem lasse ich Aufsätze über die Freuden des Landlebens und Loblieder auf die Provinz verfassen. Geschickt lenke ich die Gruppendiskussionen immer wieder auf die Themen »Liebe«

34

und »Partnerschaft« und lobe obendrein Qi vielleicht etwas zu häufig als Mann von Mut, Geist und Witz.

Als ich Chen als Hausaufgabe einen Liebesbrief an Qi schreiben lasse, überspanne ich den Bogen. Zum einen beschwert sich die Schwedin Solveig Byström bei der Schulleitung über meinen merkwürdigen Unterricht, zum anderen klagt Qi bei einem unserer Abendessen, dass ich alles nur noch schlimmer machen würde. Bisher sei er Chen gleichgültig gewesen, nun aber beginne sie, ihn zu verabscheuen. Ich versuche meinen bekümmerten Schüler aufzurichten, indem ich ihm versichere, Abscheu sei schon viel näher an der Liebe als Gleichgültigkeit. Von da sei es eigentlich nur noch ein Katzensprung.

Es dauert nicht lange und Gudrun bittet mich zu sich ins Büro. Aufgeregt wedelt sie mit einigen Bewertungsbögen vor meiner Nase herum. Die Spanierin und der Amerikaner haben mittlerweile den Unterricht verlassen und mir keine allzu guten Empfehlungen ausgesprochen. Während mich der Amerikaner als amüsanten Rassisten tituliert hat, bin ich laut Aussage der Spanierin überfordert und zynisch. Es kostet mich einige Mühe, Gudrun zu versichern, dass die Probleme bei den beiden lagen. Der Amerikaner sei ein verwirrter Scientologe, für den alle Nichtscientologen intolerant und rassistisch seien, die Spanierin habe sich schlicht und einfach in mich verliebt und mit meiner professionellen Distanz nicht umgehen können. Gudrun gibt zu, dass so etwas immer wieder einmal vorkommt. Ich nicke und ergänze, dass ja auch immer wieder von Geiseln berichtet wird, die sich in ihre Geiselnehmer vergucken. Gudrun schaut seltsam, lässt mich aber ohne weitere Rüge ziehen.

Zwar habe ich bei Gudrun die Dinge noch einmal zum Guten wenden können, dafür macht mir Qi Sorgen. Bei einer Tofu-Reispfanne erklärt er mir, er habe sich damit abgefunden, dass es mit ihm und Chen nichts werde. Er hätte sich da in etwas verrannt, mehr Spinnerei als Liebe. Von nun an wolle er sich nur noch fleißig dem Lernen und der Dichtkunst widmen. Er entfaltet einen Bogen Papier und beginnt zu lesen: »Du siehst, wohin du siehst, nichts als Ampeln hier auf Erden. Ist diese grade grün, wird jene bereits rot. Wo eben freie Fahrt, herrscht jetzt schon Fahrverbot. Verkehr, der ampellos, müsst noch geschaffen werden.«

Ich brause auf. »So geht das nicht«, herrsche ich meinen Gast an. »Das wäre doch gelacht. Es wird uns doch wohl noch gelingen, ein Mädchen zu verführen.«

Qi sieht mich mit großen Augen an, sagt aber nichts mehr.

Gleich am nächsten Tag gebe ich eine neue, außergewöhnliche Hausaufgabe übers Wochenende auf. Meine Schüler sollen in Zweiergruppen die Stadt durchstreifen und kleine Aufsätze über bestimmte Sehenswürdigkeiten schreiben. Qi und Chen schicke ich ins Kaffee Burger und den KitKat Club, der an diesem Abend einen »Carneball Bizarre« veranstaltet. Zwar sieht der Dresscode Fetisch, Lack & Leder sowie »Extravagantes jeder Art vor«, aber Qi und Chen finde ich auf ihre Weise extravagant genug. Qi will schon abwinken, aber Chen scheint an der Unternehmung interessiert und zeigt sich ihrem Landsmann erstaunlich zugewandt. Das ganze Wochenende bin ich unruhig und frage mich, wie die Sache wohl ausgehen wird.

Am Montag kommen Chen und Qi nicht zum Unterricht. Ich weiß nicht, ob ich das für ein gutes oder ein weniger gutes Zeichen halten soll. Als Qi aber abends bei mir klingelt, habe ich zum ersten Mal Schuldgefühle. Blass und verstört sieht er aus. Trotzdem zwingt er sich zu einem Lächeln und präsentiert mir ein Geschenk: eine Art Wandteppich aus bemaltem Bambus. Ich rolle die Matte aus und sehe eine Frau in traditioneller chinesischer Tracht, die einen Fisch an einer Schnur hält. »Was bedeutet der Fisch?«, frage ich. Qi sieht mich an. Kurz scheint mir Widerwillen in seinen Augen zu stehen. »Glück«, sagt er. »Und Reichtum.« Zum Abendessen bleibt er nicht.

Zwei Tage später klingelt er noch einmal. Wieder steht er ein wenig verlegen im Hausflur, diesmal aber umgeben von Kartons, prall gefüllten Plastiktüten und einer Stehlampe.

»Ich komme, um ade zu singen«, sagt er.

»Du ziehst weg?«

»Westsächsische Hochschule Zwickau«, trägt er mit konzentrierter Miene vor.

Ich blicke auf die Sachen, die er in den Flur geschleppt hat.

»Oh«, sagt er. »Das ist noch nicht alles.«

»Wie willst du das nach Zwickau schaffen?«

»Mit dem Zug.« Qi lächelt zum ersten Mal wieder fröhlich und zuversichtlich. Betreten sehe ich wieder auf die Tüten und Kartons und auf die Stehlampe.

Alleine für diesen Krempel muss er dreimal von seiner Wohnung zu mir gelaufen sein.

Keine halbe Stunde später haben wir zu zweit seine Sachen in mein Auto gepackt und die Fahrt nach Zwickau angetreten. Zum Schluss gibt mir Qi die Hand und lädt mich zu sich nach China ein, sobald er dort ein erfolgreicher »Engineer« geworden ist. Dann steckt er mir noch einen Brief für Chen zu. Ich sehe davon ab, die Rechtschreibfehler zu korrigieren. Zum einen aus Pietät, zum anderen, weil er auf Chinesisch verfasst ist.

Als ich Chen den Brief am nächsten Tag gebe, wird ihr Gesicht ernst. In meinem väterlichen Beisein reißt sie den Umschlag auf und liest hastig die Schriftzeichen. Dabei nehme ich auf ihrem ständig von mimischen Schattierungen durchzuckten Gesicht zum ersten Mal einen Ausdruck von Schwermut wahr. Ich kapiere nicht im Geringsten, was zwischen den beiden vorgefallen ist. Und, was noch trauriger ist – ich werde es nie erfahren.

Sonst knallt's hier!

Auf sonderbaren Wegen hat es mich nach Pankow verschlagen. Groß ist mein Durst, doch kein Shop, der Getränke führt. Nur das Restaurant »Happy Duck« verspricht Trinkfreuden.

Eigentlich habe ich so hohe Schulden, dass ich sparen sollte, aber der Durst erscheint mir realer als mit Minuszeichen versehene Zahlen auf in der Wohnung verstreuten Papieren. Außerdem soll Epikur gesagt haben: Trinke einmal, wenn du großen Durst hast, einen Krug voll Malzbier und erzähle niemandem davon.

Ich betrete also das Chinarestaurant. Es ist 11 Uhr früh. Noch ist nichts los. Eine Weile beobachte ich die Fische in einem Aquarium, bis eine nervös wirkende Frau auftaucht und fragt, was ich möchte. »Ich will nur was trinken«, sage ich und füge charmant hinzu: »Ein Malz, sonst knallt's.« Keine Ahnung, was mich dabei reitet, aber offenbar bin ich wütend auf mich selbst und kompensiere das nun durch ein Verhalten, das andere als aggressiv bezeichnen mögen. Ich nenne es humorvoll.

»Sind Sie neu?«, fragt die Frau schüchtern.

»Jaja«, sage ich und denke: »Was redet die da?«

»Kommen Sie jetzt immer allein?«

»Mal sehen«, sage ich, weil ich eine Verstörte nicht mit Gegenfragen zusätzlich verwirren will.

»Moment bitte.« Die Frau verschwindet, ohne mich zu einem Tisch zu führen. Kurz darauf taucht sie mit einer Tupperdose auf, die sie mir mit gesenktem Blick in die Hand drückt.

Ich will ihr gerade den Unterschied zwischen einem Glas Malzbier und einer Tupperdose erläutern, als zwei Männer in Lederjacken das Restaurant betreten. Sie erinnern an eine asiatische Version von Günter Netzer und Gerhard Delling. Da sie so eine launische, leicht ins Gewalttätige spielende Aura mit hereingebracht haben, trete ich zur Seite. In einer Übersprungshandlung öffne ich die Tupperdose und sehe darin ein schmales geklammertes Geldscheinbündel.

»'n Malzbier«, sagt Delling.

»Sonst knallt's hier«, ergänzt Netzer.

Die chinesische Kellnerin ist still. Ich bin stiller. Es ist einer dieser wunderbaren Momente, in denen mehrere Menschen miteinander herumstehen und einfach angestrengt nachdenken.

Schließlich zeigt die Kellnerin auf mich. Ich gebe wortlos die Tupperdose in die kräftige Netzerhand. Die Männer sehen sich an. Dann mustern sie abwechselnd mich und die Kellnerin.

»Für wen arbeitest du?«, fragt mich Delling gar nicht mal unfreundlich.

»Für die Chinesen«, sage ich und lächele lieb.

Delling reißt die Augen auf. Mich beschleicht das Gefühl, einen Fehler gemacht zu haben.

»Aber auch für einen Amerikaner«, füge ich schnell

hinzu. »Und eine Schwedin. Neuerdings sind auch zwei Polen dabei.«

Delling und Netzer tauschen einen Blick, bei dem es mir kalt den Rücken runterläuft.

»Was ist das für eine Scheiße?«, raunzt mich Netzer an.

»Ich gebe Deutschunterricht.«

»Willst du mich verarschen? Gefällt dir mein Deutsch nicht, du Affenkopf?«

»Doch«, sage ich hastig. »Es ist sehr schön.«

Eine Weile sagt niemand etwas. Mein »schön« steht noch im Raum. Plötzlich stößt Netzer Delling an und lacht los. Delling lacht auch. Es ist eines dieser gespielten Lachen, die sich schließlich in ein echtes verwandeln. Dann schüttelt Netzer den Kopf, klopft mir auf die Schulter und sagt, schlagartig todernst: »Tauch noch mal auf, und ich breche dir die Beine, du Clown.«

Ich nicke stumm.

Netzer und Delling gehen grußlos davon.

»He«, rufe ich den Geschäftsleuten nach. »Braucht ihr noch einen? Ich kann auch verdammt unangenehm werden.«

Keiner von beiden reagiert.

»Beim Studentenboxen war mein rechter Haken gefürchtet.«

Netzer und Delling ziehen die Tür auf.

»Wie wär's mit halbe-halbe«, höre ich mich noch sagen, aber die beiden sind schon auf die Straße verschwunden.

Der Boxi-Kult

An einem Mittwochnachmittag lungere ich vor der Jugendherberge des Viertels herum und beobachte, wie ein junger Mann eine 1,5-Liter-PET-Flasche, die fünfundzwanzig Cent wertvolle Königin der Pfandflaschen, in einen der orangefarbenen Abfalleimer wirft. Gerade will ich die Flasche herausangeln, als jemand hinter mir sagt: »Pfoten weg, Freundchen! Das ist mein Eimer.«

Ich drehe mich um. Auf dem Mäuerchen vor der Jugendherberge sitzt ein Mann mit wirrem schwarzem Haar und einem Dschingis-Khan-Bart, der zu beiden Seiten seiner Mundwinkel grimmig nach unten hängt. Er trägt eine Camouflage-Hose und ein T-Shirt, das Klaus Kinski als Nosferatu abbildet – oder umgekehrt. Neben ihm auf dem Mäuerchen steht eine Flasche Bier, zu seinen Füßen eine Plastiktüte.

»Na komm, gib mal die Flasche rüber.«

Ich reiche ihm die PET-Flasche.

»Ha«, sagt er. Dann kneift er die Augen zusammen. »Du bist nicht von hier. Das seh ich auf hundert Meter.«

»Wie denn?«, frage ich.

»Du hast keine Bierflasche dabei.«

»Wollt gerade eine holen. Fehlten nur noch fünfundzwanzig Cent.«

Dschingis Khan lacht. »Nee, nee. Du bist nicht von
hier. Wie du schon sprichst.«

»Ich wohn da drüben.« Ich zeige auf die bröckelnde
Fassade meines Hauses.

»Willsten Bier?«

»Gerne«, sage ich.

»Dann kauf eins, und bring mir eins mit.« Er lacht
dreckig.

Eine Gruppe aufgekratzter Jugendlicher stolpert
aus der Jugendherberge. Ich gehe ein paar Schritte auf sie zu und frage nach Kleingeld. Erst auf
Deutsch, dann auf Englisch. Kurz darauf bin ich um
1,20 Euro reicher. Ich hole zwei Sternburg Green La-
bel und setze mich neben den Abfalleimer-Besitzer.

»Peter«, er reicht mir die Hand und öffnet die Fla-
schen mit einem Feuerzeug.

»Also pass auf«, sagt Peter. »Ich war mal ein richtig großes Tier.«

»Dacht ich mir.«

»In einer Werbeagentur. In *der* Werbeagentur. *Grey*
in Düsseldorf, kennst du bestimmt.«

»Natürlich. Grey. Das ist doch *die* Werbeagentur.«

»Genau. Da war ich Texter. *Der* Texter. Die ganz
großen Dinger. Kennst du noch ›Nichts ist unmög-
lich, Toyota‹? Das war von mir.«

»Krass.«

»Oder den hier: Loreal. Weil ich es mir wert bin.«

»Auch nicht schlecht.«

»Haribo macht Kinder froh …«

»… und Erwachsene ebenso.«

»Kennste, wa? Kennt jeder. Oder den hier: Außen Toppits – innen Geschmack.«

»O ja, der ist auch gut.«

»Ist der neu? Nein, mit Perwoll gewaschen.«

»Da müsstest du doch in Geld schwimmen.«

»Wenn's um Geld geht – Sparkasse.«

»Auch von dir?«

»Korrekt.«

»Und dann?«

»Dann kam die Sache mit dem Schmerzmittel. Da hätt 'n Spruch nicht getaugt. Das Ding sollte weltweit knallen, verstehste?«

»Vielleicht ein englischer Slogan?«

»Hab ich auch überlegt, war mir aber immer noch zu heikel. Und dann hatte ich die Idee mit den Bildchen. Ganz einfach. Versteht jeder. Erst ein trauriges Gesicht, so ein Anti-Smiley, ein Zerknirsch-Gesicht. Dann das Medikament. Und dann ein Smiley. Ganz einfach, aber genial.«

»Muss man erst mal drauf kommen.«

»Eben. Erst das traurige Gesicht, verstehste? Dann das Mittel und dann das Smiley.«

»Genial. Prost!«

»Prost!« Peter nimmt einen sehr großen Schluck. Als er absetzt, weht mir aus seinem Mund eine ordentliche Fahne entgegen.

»In Europa knallte das Ding voll, aber dann kam der Rollout nach Afrika und Asien. So eine Scheiße.«

»Ja, was denn.«

»Ey, Alter, die lesen da alle von rechts nach links, verstehste? Also, fast alle. Von rechts nach links.«

»Also erst das Smiley, dann das Mittel und dann das Zerknirsch-Gesicht?«

»Korrekt, Alter!«

»Schöne Scheiße!«

»Fette Scheiße! Bayer dann 'ne Klage an Grey. Das ging wegen dem Vertrag. Frag nicht nach Details. Und Grey dann 'ne Klage an mich. Das ging wegen meinem Vertrag. Alter, ich sag dir: Frag nicht. Plötzlich die fetten Schulden, und rausgeflogen ohne Abfindung. Und jetzt erzähl mir mal, wie du die ganzen Schulden zurückzahlen sollst, wenn du keinen Job hast, Alter.«

»Schweinerei.«

»Voll verheizt haben die mich.«

»Und woanders einsteigen, mit deinem Talent?«

»Alter, du checkst es nicht, wa? Werbebranche! Da heißt es: immer schön jung, kreativ, unverbraucht. Am Puls der Zeit, ey. Und die Jungen kosten ja auch nix, die machen's für 'n Praktikumsgehalt und ohne Gummi. Mich will doch keiner bezahlen. Ich schwing den Stift erst ab 140 000 Euro im Jahr.«

»Ach so.« Ich trinke mein Bier aus.

Wir schweigen. Ich sehe zu den Stühlen vor dem Lokal Tres Cabezas hinüber. Ein fescher junger Mann arbeitet dort an einem MacBook. Ein älterer Mann geht an uns vorüber und rülpst.

Irgendwann stößt mich Peter mit dem Ellbogen an: »Und du? Was machste?«

»Vor drei Wochen hab ich noch Deutsch unterrichtet. Danach war ich Wurst mit Handzetteln. Jetzt lese ich Kindern anthroposophische Märchen vor.«

»Machste gut Kohle, wa? Schwarz, wa?«

»Na ja.«

»Biste auch arbeitslos gemeldet, nich?«

»Ja.«

»Bist auch 'n Kreativer, wa? Welche Fachrichtung?«

»Autor.«

»Kennste den? Kommt 'n Dichter zum Arzt. Sagt der Arzt: Schlechte Nachricht, Sie haben nur noch ein halbes Jahr zu leben. Sagt der Dichter: Wovon denn?«

Peter stößt mich wieder an. »Gut, was?«

Ich lache ein bisschen. Peter lacht laut. Dann wird er plötzlich ernst. »Für dich is der Boxi-Kult genau das Richtige. Die Bruderschaft. Das behältst du aber für dich, klar?«

»Der Boxi-Kult?«

»Na, am Boxhagener Platz. Sach ich doch: Du bist nich von hier. Also: Behältste für dich, wa?«

»Klar.«

»Dann kommste heute um 23.00 Uhr zum Boxi. Bring so viele Sternburg mit, wie du tragen kannst. Das macht jeder Aspirant.«

Mit zwei Tüten voller Bier stiefele ich am späten Abend zum Boxhagener Platz. Es dauert eine Weile, bis ich auf der dunklen Fläche Peter entdecke, der mit drei anderen Männern zwei Bänke in Beschlag nimmt.

»Ah, der Aspirant«, begrüßt er mich.

»Das's Bier, ist es nicht?«, spricht ein dünner Mann in schwarzem Jackett und zwirbelt sich den Ziegenbart. Ich gebe jedem eine Flasche und mache mir selbst eine auf. »Ich heiße Anselm«, nuschele ich in die Runde. Der Dünne sieht mich an und blinzelt hinter seinen runden, randlosen Brillengläsern.

»Ei der Daus.« Er reicht mir über den Spalt zwischen den zwei Bänken die Hand. »Graf Welldone«, sagt er, und tatsächlich bemerke ich nun in seiner Aussprache einen leichten britischen Akzent. In diesem Moment erhebt sich neben dem Grafen ein Mann mit kurzgeschorenem schwarzen Haar und wild funkelnden Augen, drückt mir sehr fest die Hand und bellt: »Oberst Ardenti.«

»Sehr angenehm«, sage ich.

Der Oberst setzt sich wieder. Wie im Bauerntheater steht fast gleichzeitig ein korpulenter Herr in den Fünfzigern auf. Lockige Haare wallen ihm bis zu den Schultern, und ein Bart wuchert bis zur weißen, ein wenig fleckigen Hemdbrust.

»Doktor Prössel, Privatdozent«, brummt er freundlich und gibt mir recht labberig seine große Hand.

Es dauert nicht lange, und das Thema kommt auf Zigaretten. Ich habe keine, werde aber sofort mit den Worten losgeschickt, ein Aspirant habe für Zigaretten zu sorgen. Auch für Bier, vor allem aber für Zigaretten. Als ich vom Kiosk zurückkomme, ist eine hitzige Debatte im Gange. Prössel schnaubt: »Der Aal ist alles andere als bedeutungslos. Sein Fettgehalt verleiht ihm einen höheren Nährwert als jedem anderen Fisch, vermutlich als jedem anderen Lebewesen.«

»Aber schmeckt es?«, gibt Graf Welldone zu bedenken. »Ich denke nicht so.«

»Na und?«, schnauzt der Oberst. »Es wird gegessen, was auf den Tisch kommt. Wenn's Aal gibt, wird Aal gegessen. Futterluken auf und rin damit!«

Peter mischt sich ein: »Also, auf Sylt gibt's eine Aalsuppe – Alter, die knallt. Schmeckt saugeil, das Zeug.«

»Nicht wahr?« Prössel nickt heftig. »Wohlschmeckend und nahrhaft. Im Dritten Reich ein wichtiger Wirtschaftsfaktor. Das ist den meisten bis heute jedoch unbekannt. Was haben die Nazis den Polen als Erstes abgenommen? Die Aalteiche. Ich verweise auf meine noch unveröffentlichte Schrift ›Der Aal im Nationalsozialismus‹, in der …«

Ich ziehe Peter ein Stück zur Seite und flüstere ihm zu: »Was hat das mit dem Boxi-Kult zu tun?«

»Jede Menge«, raunt er, »jede Menge, Alter. Es geht in dem Gespräch doch gar nicht um Aale. Die streiten über verschiedene Auslegungen eines kabbalistischen Problems.«

»Das verstehe ich nicht.«

»Klar, ist für Fortgeschrittene. Für dich ist erst mal wichtig: Bier und Zigaretten mitbringen. Die aus dem Kult erkennst du daran, dass sie immer eine Flasche Sternburg in der Hand haben. Die Anwärter haben immer 'ne ganze Tüte voll.«

»Muss ich noch was über den Kult wissen?«

»Ja. Er ist sehr geheim.«

»Gut, und noch was?«

»Jeder bekommt seine Eimer und seine Sammelpfade zugeteilt. Je nach Logengrad. Du bist ja noch Prüfling, aber vielleicht wirst du eines Tages siebter Grad sein. Mystischer Templer, also sehr erhabener souveräner General Großinspektor. So wie Prössel. Dann darfst du vor die großen Clubs und auf die Festivals. Alter, da geht's ab, sag ich dir.«

»Mit Flaschenpfand?«

»Korrekt.«

»Aha.«

»Für Prössel sind im ›Igel‹ alle Getränke immer Happy Hour. Die kennen den da. Mit dem legt sich keiner an, verstehste?«

Peter sieht mir vermutlich an, dass ich ein bisschen enttäuscht bin. »Ey«, sagt er mit Nachdruck. »Bald siehst du den Flaschenkönig!«

»Den Flaschenkönig?«, frage ich, während ein Wind durch die Bäume fährt und den befremdlichen Geruch geschlechtsreifer Kastanien herüberträgt.

»An einem geheimen Ort bauen wir den König. Noch ist er nicht fertig. Aber wenn, dann …«

»He«, ruft der Oberst. »Nicht zu viel auf einmal. Immer langsam mit den jungen Pferden. Jetzt erzählt jeder, wie er zum Kult gekommen ist. Das ist bei Neuen Brauch. Der Älteste beginnt.«

Prössel beendet abrupt einen Satz, den er im Streit an Welldone gerichtet hat, und sagt: »Geboren in der Niederlausitz im Jahr des Herrn 1953. Vater Lehrer, Mutter Hausfrau. Meine Hochbegabung blieb meinen Eltern unglücklicherweise verborgen. Polytechnische Oberschule. Bestleistungen. Studium der neueren Germanistik, der älteren Geschichte und der mittleren Philosophie in Leipzig und Jena. Als Professor nicht systemkonform. SED drohte mit Absetzung und zwang mich, als IM zu arbeiten. Mauerfall. Entlassung. Kompromittierende Akten. Zweimal beim Schwarzfahren erwischt worden. Bau. Im Wohnheim auf Peter getroffen. Kult gegründet.«

»Jetzt der Oberst«, ruft Peter.

»Zehn Jahre Fremdenlegion. Dschibuti. Halbbrigade. Legio Patria Nostra. Wüstengeister getroffen. Rückkehr. Schnurstracks in den Kult.«

»Ist das alles?«, frage ich.

»Alter, lass gut sein.« Peter stößt mir in die Seite. »Gib dem Oberst lieber noch ein Bier.«

Schließlich redet Graf Welldone von seiner Herkunft. »Wo soll ich anfangen? Mit welcher Inkarnation? Vielleicht als Sohn des transsylvanischen Fürsten Franz II. Rákóczi. Mein Vater führte die Kuruzzenaufstände in Ungarn an, aber mein Bruder und ich wurden wie Gefangene am Wiener Hof gehalten. Damals nannte ich mich noch nicht Graf von Saint Germain, lernte aber bereits bei einer alten Frau das Geheimnis des Aqua Benedetta kennen, als sie mir in einer Vollmondnacht …«

»Das kann länger dauern«, flüstert mir Peter ins Ohr und hält mir eine meiner Bierflaschen hin.

Der Morgen dämmert bereits herauf, als die nicht mehr ganz nüchterne Gesellschaft wieder auf den Flaschenkönig zu sprechen kommt, ein Wesen, gebaut aus Pfandflaschen, belebt durch Magie, gesteuert durch »Sehnsucht unter Willen«.

»Wenn der Flaschenkönig das Zepter schwingt«, sagt der Oberst, »dann habe ich ein Einzelzimmer. Verdammte Hurenscheiße! Endlich ein Einzelzimmer!«

»Und ich habe Freitrinken in allen Kneipen und kann überall umsonst einkaufen«, lallt Peter. »Überall!«

Graf Welldone scheint in einer Art Trance versunken, nuschelt aber plötzlich etwas von seiner Prinzessin.

Prössel nickt bei jedem der Wünsche, dann sagt er: »Wenn der Flaschenkönig herrscht, werde ich den

Weltfrieden wünschen. Soziale Gerechtigkeit und den Weltfrieden.«

Es wird plötzlich still. Kurz ist nur das Rauschen in den bauchigen Kronen der mächtigen Kastanien zu hören. Dann zerschneidet Prössels brüllendes Gelächter die Stille.

Der Selbststreichler

Auf einer Zugfahrt von Berlin nach Bonn setzt sich ein alter Mann im blauen Pullunder neben mich und riecht nach einem BigMäc. Nach wenigen Minuten beginnt er damit, sich selbst zu streicheln. Mit dem Daumen der rechten Hand den Handrücken der linken. Ich bin mir sofort sicher, es mit einem Selbststreichler zu tun zu haben. Einem selbstvergessenen Selbststreichler, der dieses Streicheln entweder für so normal hält, dass er es ungeniert in der Öffentlichkeit praktiziert, oder der vergessen hat, dass es um ihn herum eine Öffentlichkeit gibt. Die dritte Möglichkeit ist, dass sich dieser arme Mensch sehr wohl der Öffentlichkeit und der Eigentümlichkeit seines Verhaltens bewusst ist, aber keine Möglichkeit kennt, seinem Streicheldämon Einhalt zu gebieten.

Das Streicheln wird kreisförmig ausgeführt, wobei die feinnervige Stelle zwischen Daumen und Zeigefinger besondere Aufmerksamkeit erfährt. Ich würde mich nicht beklommener fühlen, wenn der Mann seinen Penis hervorholen und versonnen zupfen würde. Mir wäre nicht flauer, wenn der Mann statt seiner Hand mein zehn Zentimeter entferntes Knie streichelte. Genau genommen wären mir der hervorgeholte Penis und das gestreichelte Knie lieber. Dann nämlich könnte ich mit Fug und Recht sagen: *Hören Sie damit auf!* Alle gäben mir uneingeschränkt recht. Beim Selbststreicheln aber sieht die Sache anders aus. Ich bin mir nicht sicher, ob es höflich ist, einem alten Mann zu sagen: *Bitte, hören Sie damit auf, sich selbst zu streicheln!* Und ehrlicherweise hinzuzufügen: *Sonst muss ich auch damit anfangen.* Trotzdem ist das mittlerweile der einzige Satz, den ich überhaupt noch denken kann.

Das Streicheln des Mannes findet so nah an mir statt, dass es auf tückische Weise in meine Hand überspringt, die schon zu zucken ansetzt. Ich ringe mit der Hand des Alten, die von meiner Hand Besitz zu ergreifen droht. Immer wieder denke ich: *Hören Sie auf! Bitte, bitte hören Sie auf, sich selbst zu streicheln!*

Es ist doch so: Jeden Tag fechten Menschen in öffentlichen Verkehrsmitteln unbemerkt heldenhafte Kämpfe mit sich selbst aus: Man bekommt ja gar nicht mit, wie viele Fahrgäste in Bussen, Bahnen und Zügen nach außen dringende Ticks und Zwänge niederringen. Wie viele der Versuchung widerstehen, plötzlich loszubrüllen, fünfzehnmal die Wahlwiederholung ihres Handys zu drücken und immer wieder dem gleichen Menschen zu sagen: *Ich liebe dich,* oder *ich hasse dich,* oder *ich bin gleich in Wuppertal.* Hoch ist die Dunkelziffer derer, die trotz großer Lust auf einen Bissen keinen Apfel zücken, die nicht einmal auf die Idee kämen, Tupperdosen mit sich zu führen und Eiersalat oder Spaghetti bolognese daraus zu löffeln, die sich einen Döner in der Bahn versagen, die nicht einmal Bier oder Schnaps trinken, obwohl sie nichts lieber täten als das. Wer kennt die beim Namen, die dem Drang widerstehen, sich alle paar Sekunden zu räuspern, in den Schritt zu fassen oder nachzuprüfen, ob schon wieder neue Popel in den Nasenminen nachgewachsen sind? Wer weiß denn, wie viele es sich versagen, unvermittelt loszuseufzen, zu pfeifen oder laut mit sich selbst zu sprechen? Und wer kann die Zahl derer nennen, die von Augenblick zu Augenblick gegen den mächtigen Wunsch ankämpfen, ihrem Gegenüber ins volle Haar zu fassen, seine Wange zu streicheln, nach seiner Hand zu greifen oder ihm mit einem Faustschlag die Nase zu brechen? Ich weiß, wovon ich spreche, denn ich bin einer jener unerkannten Helden, die Fahrt um Fahrt mit Fährnissen ringen, die sich vor den zwölf Aufgaben des Herakles nicht zu verstecken brauchen. Ich weiß nicht, wann ich mir selbst zum ersten Mal ein latentes Tourette-Syndrom attestiert habe, aber mir geht es etwas besser, seit ich mir sagen kann, dass ich unverschuldet krank bin.

Je mehr Leute um mich herum ihren kleinen oder größeren Ticks nachgehen, umso mehr wächst allerdings die Gefahr, dass mein latentes Tourette akut wird und ich alles imitieren muss. Setzt sich jemand neben mich und zieht Minute um Minute die Nase hoch, steigt sofort das brennende Bedürfnis in mir auf, dasselbe zu tun. Klappt jemand sein Laptop auf, um darauf einen Film zu sehen, drängt es mich, die aus dem Kopfhörer dringenden Schuss- und Explosionsgeräusche mit dem Mund nachzumachen. Handy-Klingeltöne stacheln mich jedes Mal so weit auf, bis eine perfekte Kopie davon bereits in meinem Gaumen klebt und nur durch den Einsatz eines übermensch-lichen Willens in den Kehlkopf zurückgepresst wer-den kann. Es ist der gleiche eiserne Wille, der es mir erlaubt, Babys schreien zu lassen, ohne zurückzu-brüllen oder ihnen einen triftigen Grund zu geben. Ich bin ein nach außen inaktiver Vulkan, dessen Mag-makammern, unsichtbar für das Auge der Öffent-lichkeit, von heftigen Implosionen gereizt werden.

Allerdings hätte ich mich nicht eben als eine Art He-rakles des Personenverkehrs bezeichnet, wenn ich bereits nach einigen Minuten neben einem Selbst-streichler die Fassung verlieren würde. So steuere ich auch diesmal meinen ständig wiederkehrenden Gedanken, die zu immer stärkeren Zuckungen mei-ner rechten Hand führen, mit anderen, mühsam an-trainierten Überlegungen gegen: *Du bist nicht er. Er ist nicht du. Dein Körper gehört nur dir. Klar umris-sen und unversehrt. VERDAMMTE SCHEIßEHAMS-TERSAUSCHWEINFÖTZGELECK. Bleib ruhig und konzentriere dich auf dich und ... HALTS-MAUL-DUITZIBITZISTRANDKIBITZI ... deinen Atem. Du bist du und er ist er. Seine Hand ist nicht deine Hand. Sei stolz, dass du keinem deiner Ticks nachgibst. Dieser alte Mann ist nicht so stark wie du. All diese alten Selbststreichler sind nicht genug gestreichelt worden. Siehst du – AFFENKOPF –, jetzt bist du schon bei konstruktiven Gedanken. Ruhig und bei dir selbst. Jeder sollte staatlich verpflichtet sein, ein-mal in der Woche einen alten Menschen richtig durch-zukuscheln. Diese dicken alten Frauen, die aussehen wie in Teig eingebacken, und diese hölzern schlackern-*

den alten Männer, die mit den Jahrzehnten immer ecki-
ger geworden sind. Die müssen alle durchgestreichelt
werden. Gerade solche, die früher bei der Armee wa-
ren. Meinen Vater, den hätte ich auch mal streicheln
sollen. Der ist immer eckiger geworden. So eckig, dass
ich in seiner Gegenwart selbst immer ganz eckig ge-
worden bin. Rundstreicheln hätte man den müssen.
PAPAPILLEMANNNAZIOBERST. Ob hinter jedem
Tick ein Schuldgefühl lauert?

In diesem Moment lässt mein eiserner Wille kurz
die Deckung herunter, und ich greife ohne Schuldgefühl nach der altersfleckigen Hand des Mannes im
blauen Pullunder. Sein Streicheln hört auf, und mir
vergeht die Unruhe. Die Gedanken wirbeln nicht
mehr in immer schnelleren und chaotischeren Sätzen, die Spannung weicht mit einem kleinen Seufzer
von mir, und vielleicht lächele ich sogar für einen
Moment, während durch das Zugfenster warm und
rot ein Streifen abendlichen Horizontes über einem
Nadelwald aufleuchtet. Die Hand des Alten liegt gut
und warm in der meinen. Der Mann sieht mich nicht
an, ich sehe den Mann nicht an, aber unsere Hände
passen ineinander wie von einem großen Bildhauer
zusammengefügt.

Bei Hannover räuspert sich der Mann.

»Entschuldigen Sie«, sagt er mit etwas brüchiger
Stimme. »Ich müsste einmal austreten.«

»Natürlich«, sage ich gönnerhaft und lasse die
warme Männerhand fahren. »Wir Freaks müssen
doch zusammenhalten. NOGGERDIREINEN!«

Der Alte steht auf und geht und kommt nicht mehr
zurück.

Dichter gesucht

Die Skatrunde im »Bettenhaus« löst sich auf, aber ich bin noch gar nicht müde. Am Tresen hockt ein Typ, den ich schon seit einer Stunde immer wieder interessiert beobachte: Fischgrätensakko, abgetragene, aber gutsitzende Jeans, feine, melancholische Gesichtszüge. Ich setze mich auf den Hocker neben ihn. Bevor ich etwas sagen kann, stellt er sich als Bernhard Freumbichler vor.

Ja, man sehe es ihm vermutlich bereits an, er sei Schriftsteller, daraus mache er gar kein Geheimnis, denn ein Schriftsteller mit Geheimnissen sei durchschaubar, man könne sagen: dechiffrierbar, und auf diese Weise bereits mit einem Bein in der Lächerlichkeit. Ein Schriftsteller, so Freumbichler, könne alles sein, aber nicht unfreiwillig lächerlich. Fange er an, unfreiwillig lächerlich zu werden, dann sei er bereits kein Schriftsteller mehr. Rätsellos zu sein helfe ihm dabei, andere als rätsellos zu erkennen. So sehe er zum Beispiel sofort, da verlasse er sich ganz auf seinen Instinkt, dass auch ich mich zum Schreiben hingezogen fühle, mir die Geheimniskrämerei auch zuwider sei, mir aber andererseits zum echten Schriftsteller noch zu viele Rosinen im Kopfe schwöllen. Die Grauenhaftigkeit eines Daseins als Schriftsteller sei mir noch nicht bewusst, mir fehle noch jener Zug im Gesicht, der sich dem Erkennenden eingrabe, die magnetische Aura desjenigen, der den Boden der Tatsachen erreicht habe.

Er habe vor zwei Wochen sein vierzigstes Lebensjahr vollendet und könne von sich durchaus behaupten, den Boden erreicht zu haben, den illusionslosen Grund. Ihm sei es immer um nichts als die Unabhängigkeit gegangen, und naturgemäß habe ihn dieser Wunsch in nichts als Abhängigkeiten verstrickt. Der Schriftsteller wolle frei sein und begebe sich sehenden Auges in die Unfreiheit. Er kündige jedem Chef, um sich zum Chef seiner selbst auszurufen und damit dem grauenvollsten aller Chefs zu unterwerfen. Gegen diesen Chef, der man ja Tag und Nacht und in jeder Stunde und Minute selbst sei, seien die windigen Verleger und ihre schmierigen Spießgesellen vom sogenannten »Marketing«, das launische, oft erschreckend unbelesene Publikum sowie die eitlen Juroren und Jurorinnen der widerwärtigen Literaturpreise harmlose Pappkameraden. Gleichwohl verständen diese, allerlei Seile zu knüpfen, den nach Freiheit Dürstenden in Klebrigkeiten zu verstricken, die diesen dann wiederum bald die Flucht in die Kerkermauern des Alkohols antreten ließen oder in eine sogenannte Beziehung, die immer in erster Linie eine Erziehung und meistens eine Verziehung sei und mit grauenvollen Entziehungen und schließlich dem Entzug ende.

Er habe geglaubt, ein Stipendium befreie ihn, und sich bald darauf in halber Umnachtung im finsteren Wendland als Stadtschreiber wiedergefunden. Er habe geglaubt, die Veröffentlichung eines Buches stimme ihn heiter, vielleicht sogar zufrieden, dabei mache sie nichts weniger als das. Er habe sogar geglaubt, mit der Veröffentlichung eines Buches ließe sich Geld verdienen, bis er habe erkennen müssen, dass der Urheber des Geistigen von den Verstofflichern, den Marktschreiern und Krämern, mit einem Trinkgeld von fünf Prozent abgespeist werde. Genau genommen sei er Unternehmer und beschäftige mit seinen Geistesprodukten Dutzende von Menschen: Lektorinnen, Druckereiarbeiter, Illustratoren, Schriftsetzerinnen, Zwischenhändler, Marketingstrategen und Buchverkäuferinnen. Jede und jeder dieser Angestellten verdiene perverserweise wesentlich mehr als er selbst.

Ja, er rede von Geld, und er rede heute noch vergleichsweise wenig von Geld. Ihn, dem jede Geldgier und jeder Zwang zuwider seien, verfolge zwanghaft der Gedanke ans Geld. Ihn, dem der Kapitalismus immer schon fadenscheinig erschienen sei, treibe kaum ein Gedanke mehr um als der, auf welche Weise aus seiner eigenen Existenz Geld geschlagen werden, ja, wie er sich am besten verkaufen könne. Ihm, einem spirituellen Menschen, wühle sich Tag und Nacht die Sorge ums Materielle ins Hirn.

Aus diesem und keinem anderen Grund sei er damals der Verena Schenkwitz auf den Leim gegangen, und er habe sich bis heute nicht davon erholt.

Dabei habe er der Schenkwitz gleich angesehen, um was für eine Person es sich handelte. Bereits die in die Stiefel gestopfte Jeans habe ihm auf einen Blick die ganze Schenkwitz aufgeschlüsselt. Aber er habe mit dem Geplapper der Berechnung die Stimme seines

Instinktes zum Schweigen gebracht und sich der schmutzigen Frau angedient, die tatsächlich auf die abgeschmackte Idee verfallen gewesen sei, ein Musical in Gedichtform schreiben zu lassen. Ein mit Laien aus der sogenannten Poetry-Slam-Szene besetztes Musical. Ein sogenanntes romantisches Lyrical. In Kiel. Ein Kieler Romantik-Lyrical. Spätestens hier hätten bei ihm alle Alarmglocken läuten müssen, und sie hätten auch geläutet, aber er habe sie überschrien, habe das lauter werdende Läuten, das ständige Bim und Bam noch lauter überschrien, dabei nichts und wieder nichts als das Geld im Kopf, mit dem die dralle Schenkwitz gelockt habe. Auf halbseidenen Wegen, durch ein sogenanntes Autorenforum, sei sie an ihn geraten, habe ihn beschwatzt und seine Geldnot sowohl gleich gespürt als auch sofort auszunutzen verstanden, denn er sei genau das gewesen, was ihrem irrsinnigen Projekt noch gefehlt habe: ein Schriftsteller, ein Dichter, jemand der dachte, sprach und aussah, wie sich die Feuilleton-Leserschaft einen Autoren vorstellte. Jemand, dessen Visage man hinhalten und ausbeuten konnte. Den Herrn Autor habe sie ihn genannt, den Kopf des Schreibteils des Projektes. Chefautor habe unter seinem Foto auf der Homepage gestanden. Einem Foto im Übrigen, dass ihm noch heute manchmal im Schlaf erscheine und ihn tödlich erschrecke.

Die Schenkwitz habe sich nicht entblödet, ihn zum Unterzeichnen des Vertrages und zum Besprechen weiterer angeblich wichtiger Details in ihre Wohnung zu laden, was ja bereits vernichtende Auskunft über ihre Professionalität gegeben habe. Er aber, mittler-

weile völlig willenlos, habe auch diesen Unfug mitgemacht und tatsächlich an einem Freitagabend
pünktlich um 20.00 Uhr an der Tür der schenkwitz-
schen Wohnung geläutet, woraufhin sie in einem
dirndlhaften Aufzug geöffnet habe. Ein Blick in ihr
grell geschminktes Monchichi-Gesicht hätte ihm eine
endgültige Warnung sein müssen, aber er habe auch
diese in den Wind geschlagen und sich und seine Wi-
derstandskraft wieder einmal völlig überschätzt.

Ihre Wohnung sei grässlich gewesen. Eine Kochni-
sche ohne Gebrauchsspuren, aber übersät mit Pizza-
kartons habe vom nonchalanten Essverhalten des
Weibsbildes gekündet. An den pastellfarbenen Wänden sei er mit zerbrochenen Airbrush-Herzen kon-
frontiert worden, während das schlauchförmige
Wohnzimmer nur aus einem schwarzen Ledersofa
und einem wuchtigen Fernsehapparat bestanden
habe, beides umzingelt von etlichen halbvollen 1,5-l-
Coca-Cola-light-Flaschen. Die wirklichen Perver-
sionen habe jedoch das Arbeitszimmer für ihn bereit-
gehalten – Entsetzliche Bücher in einem schwarz
weißen Schrank: ein Buch über neurolinguistisches
Programmieren, mehrere Astrologie-Ratgeber, Palast
der Winde, Meer der Träume, Zug der Möwe, Berg der
Sünde, Traummänner – und wie man sie bindet. Die
abgeschmackten Blödeleien eines Mario Barth im
Verbund mit sogenannter Frauenliteratur und Uner-
quicklichem wie dem Kleinen Prinzen, dem verfluch-
ten Propheten und dem beschissenen Alchemisten.

Die Schenkwitz habe seinen Blick aufs Bücherregal
bemerkt und gesagt: »Tja, da schaust du. Ich lese querbeet. Hier, ›Die unendliche Geschichte‹, Hardcover!«

Er habe leise »Hardcover« gemurmelt und »querbeet« und der Schenkwitz dabei zugesehen, wie sie das besagte Buch hervorgezogen und sinnlos damit herumgewedelt habe.

Dann habe sie ihm ein »Käffchen« angeboten, er aber habe auf Wein bestanden, sich das Glas randvoll schenken lassen und wenige Minuten später ein zweites Glas gefordert.

Schließlich habe die Schenkwitz von einem Konzept gesprochen, dass zu abgeschmackt sei, um ausführlich erwähnt zu werden. Mir müsse der Hinweis genügen, dass es in dem Lyrical um einen sogenannten Urmann gegangen sei, einen Adam, der sich in eine – ganz recht – Eva verliebe, die ihrerseits aber mit einem teuflischen Kerl verbandelt sei, was zu einem höchst flachen und vorhersehbaren Konflikt zwischen den beiden Männern geführt habe, derweil eine von der Liebe enttäuschte Frau, die Lilith, noch für die sogenannte überraschende Wendung habe herhalten müssen.

Endgültig übel sei ihm geworden, als die Schenkwitz ihm einen ersten Plakatentwurf präsentiert habe: einen roten, halbgeöffneten Theatervorhang, hinter dem ein warmes Licht erkennbar gewesen sei. Darunter ein mit Rosen umrahmter Satz, den die Schenkwitz als »Claim« bezeichnet habe: »Romantik beginnt mit Kerzenschein, dazu Gesang, Gedichte und Wein.« Er habe sich empfohlen und sei zur Toilette gehastet, derweil ihm die Schenkwitz ein »Was geht denn jetzt?« nachgerufen habe.

Auf dem Klo habe er sich in befreienden Schwällen übergeben und die Titel seiner Lieblingsromane aufgezählt wie eine Bauersfrau die Namen der vierzehn Notheiligen. Zurück am Arbeitstisch, habe er sich ungefragt Wein nachgegossen und einen Vertrag verlangt, über den er dann mit der Schenkwitz auch handelseinig geworden sei, obwohl er insgeheim mit mehr Geld gerechnet habe. Während der Vertragsniederschrift habe die Schenkwitz übelriechende Light-Zigaretten geraucht, Kaugummi gekaut und gleichzeitig genug Cola in sich hineingegossen, um einen Kindergeburtstag bei Laune zu halten. Er habe sich mittlerweile in einer heiter-apokalyptischen Laune befunden, zu allem »ja« und auch noch »amen« gesagt und sogar die lyrischen Vorschläge der Schenkwitz und der sogenannten Poetry Slammer gerühmt.

Dann habe ihn die Schenkwitz ernst angesehen und sich angeschickt, ihm ins Gewissen zu reden: Auf Fremdwörter solle er verzichten. Ständig gebrauche er Fremdwörter. Auch die sperrigen Satzkonstruktionen und den albernen Konjunktiv habe er sich abzugewöhnen. Ein Publikum dürfe man nie überschätzen. Wenn sie ihn manchmal schon nicht verstünde, dann verstünden ihn neunzig Prozent der zahlenden Gäste nicht, die Gäste zahlten aber nicht, um etwas nicht zu verstehen, die Gäste zahlten, um etwas zu verstehen. Nur dafür zahlten die Gäste, habe die Schenkwitz gesagt und ihn am Ärmel gezogen, um ihm etwas zu zeigen. »Ich muss dir etwas zeigen«, habe die Schenkwitz gesagt und gekichert. Wie betäubt habe er sich von seiner Geldgeberin in ihr Schlafzimmer bugsieren lassen, in die Nähe eines Bettes, das mit Satin-Bettwäsche überzogen gewesen sei. Auf der Bettwäsche und auf mehreren Regalen über und neben dem Bett sei er einer großen Anzahl von Stoffwesen ansichtig geworden. Er sage bewusst Wesen, denn um Tiere habe es sich nicht gehandelt, vielmehr um Stoffgemüse wie Tomaten, Rettiche und Gurken, aber auch um Obstgeschöpfe wie Pflaumen mit Augen und Birnen mit kleinen Händchen. »Das sind meine Stoffis«, habe die Schenkwitz gesagt. »Rate mal, wer der Anführer ist!«

Er habe zitternd am Regal Halt gesucht und kraftlos »Die Möhre?«, genuschelt. Aber damit habe er falsch gelegen. »Falsch«, habe die Schenkwitz gesagt und dann unter Kichern einen halbgepellten Maiskolben aus dem Plüschwust gezogen und als »Kanzler Mais« vorgestellt.

In diesem Moment habe er ein Spannen an der Oberlippe gefühlt und darin sogleich ein untrügliches Anzeichen für einen ausbrechenden Hass-Herpes erkennen müssen. Er sei so mit den Stoffgemüsen und dem beginnenden Herpes beschäftigt gewesen, dass er nicht bemerkt habe, wie die Schenkwitz nahe an ihn herangetreten sei und gefragt habe, ob Dichter nicht oft sehr einsam seien. Nach einigen schweigsamen Augenblicken habe sie hinzugefügt, sie habe den Vertrag noch nicht unterschrieben, aber über die Geldsumme ließe sich noch verhandeln.

An dieser Stelle bricht Freumbichler seine Erzählung ab und fragt unvermittelt, ob ich seinen Deckel bezahlen könne. Ich stehe noch so im Bann der Geschichte, dass ich sofort einwillige. Freumbichler klopft mir auf die Schulter, steht auf und sagt: »Wenn du mit dem Schreiben ein ganz klein wenig Geld verdienen willst, dann mach es dir leicht. Schreib was Lustiges. Heitere Stadtgeschichten. Einfacher Stil. Ein bisschen seicht.«

Mit diesen Worten verschwindet Freumbichler im Nieselregen der Herbstnacht. Das Einzige, was von ihm bleibt, ist sein Deckel über 98,70 Euro. Der Wirt des Bettenhauses meint, die Grenze zwischen Künstlern und professionellen Schnorrern sei in Berlin fließend. Ich aber finde: Manche Geschichte ist nicht mit Gold aufzuwiegen.

Der Ausflug zum Müggelsee

Ständig stehen sie auf der Matte. Kaum dass man einmal Zeit hat, Menschen in Berlin kennenzulernen. Die Verwandtschaft, die alten Saufkumpane, die Exfreundin, die zufällig in Berlin zu tun hat. Eigentlich fragt meist niemand explizit nach einer Stadtführung, aber ich sehe es doch in ihren Augen, an der Art, wie sie unbeholfen mit dem Stadtplan knistern, ich höre es doch aus diesem »Och, ich find mich schon alleine zurecht« heraus.

Und dann gehe ich wieder einmal durch das doofe Brandenburger Tor, und dann stehe ich wieder einmal in der Schlange vor dem doofen Fernsehturm, damit man wieder einmal feststellen kann, dass Berlin von oben so aussieht, wie Städte von oben eben aussehen: doof. Und dann laufe ich allen Ernstes durch die Friedrichstraße, die sich auch durch München, Hamburg, New York oder Tokio ziehen könnte mit ihren Steakhäusern und ihren Starbucks- und Subway-Läden. Und dann torkele ich wieder einmal völlig erschöpft vom Reichstag zur Museumsinsel, wo der Dom steht, den die Berliner angeblich »Warzenkröte« nennen, und tatsächlich erzähle ich diesen Blödsinn voller Selbstekel meinen Schutzbefohlenen. Und dann sacke ich wieder einmal auf der

Wiese im Schatten des Doms zusammen, während gleichzeitig jemand auf eine Karte guckt und sagt: »Diese Hackeschen Höfe müssen doch hier ganz in der Nähe sein.«

Als ich gerade glaube, alle Fehler gemacht zu haben, die man als Fremdenführer in Berlin machen kann, besucht mich meine Freundin und sagt: »Hast du was dagegen, wenn ich bei dir Besuch empfange?«

Die Frage verwirrt mich so sehr, dass ich es mit einer Gegenfrage versuche: »Männlich oder weiblich?«

»Wo ist denn da bitte schön der Unterschied?«

»Jaja. Ich wollte etwas ganz anderes fragen. Hat dein Besuch einen guten Charakter?«

Meine Freundin sieht mich misstrauisch an.

Zwei Stunden später sitzt Luisa aus Kalabrien bei mir in der Küche. Luisa und meine Freundin kennen sich aus dem philosophischen Seminar in München und haben eine Weile zusammen in einem Wohnheim gewohnt. Nun wohnt Luisa in Berlin und hat ihrer alten Weggefährtin allerlei zu erzählen. Ich sitze dabei und lächele freundlich, merke aber irgendwann, dass ich das Lächeln auch dann nicht mehr abstellen kann, wenn ich eigentlich ernst oder betroffen schauen sollte. Die Grimasse ist einfach stehengeblieben. Die Warnungen meiner Mutter vor dem Fratzenschneiden sind also doch nicht bloß leere Drohungen gewesen. Ich habe überhaupt nichts gegen Luisa. Sie ist freundlich, lustig und lebhaft. Nur dass meine Freundin mich kaum noch beachtet und über Luisas Witze lauter lacht als über meine, macht die Italienerin für mich zu einer unverfrorenen Person.

67

Ich überlege, ob ich mich einfach schmollend mit verschränkten Armen in eine Ecke setzen soll, bis beide Frauen nach mir sehen und mich anflehen, ein paar meiner interessanten Geschichten und Anekdoten zu erzählen. Vielleicht sollte ich mich auch einfach schreiend und strampelnd auf den Boden legen, aber mit dieser Technik habe ich im Beisein meiner Freundin bisher nur schlechte Erfahrungen gemacht.

»Hey«, rufe ich mitten in einen von Luisas munter perlenden Sätzen. Endlich sehen mich beide an. Nun weiß ich allerdings nicht mehr, was ich sagen soll. Also sage ich noch einmal »Hey« und ergänze: »Wie wäre es, wenn wir einen Ausflug machen?«

»Klingt gut«, sagt Luisa gönnerhaft.

»Berlin wimmelt von tollen Bademöglichkeiten«, höre ich mich sagen. »Aber am allerbesten ist der Müggelsee«, plappere ich etwas nach, was ich einmal in der U-Bahn oder im »Jessner-Eck« aufgeschnappt habe. Obwohl ich noch nie dort gewesen bin, preise ich diesen See an, als wäre ich jedes Wochenende dort. Ein Ortskundiger, eigentlich schon ein Einheimischer. Nicht so fremd wie die frisch zugezogene Kalabresin.

Voller Vorfreude packt meine Freundin Wasserflaschen, Handtücher und Sonnencreme ein, während ich uns erfrischendes Obst bereite. Luisa will unbedingt Wassermelone, weil das für sie dazugehört. Also irren wir noch eine Weile durch die Gegend, bis wir endlich einen Fünf-Kilo-Apparat gefunden haben, der meinen Rucksack verbeult.

Mittlerweile zeigen sich erste Wölkchen am Himmel, die ich kurzerhand zu Schönwetterwolken erkläre. Meine Freundin ist glücklich. Ich merke das daran, dass sie anfängt zu singen. Schöne, klare Allgäulieder. Mir geht das Herz über. Ich singe mit. »Ganz schön schief«, sagt Luisa und lacht. Die nächste halbe Stunde sage ich gar nichts mehr.

Schließlich steigen wir in Friedrichshagen aus. Die Frauen gucken mich an. »Wo geht's lang?« Am liebsten möchte ich brüllen: »Woher soll ich das wissen?« Stattdessen lotse ich uns weiträumig im Kreis herum, bis zufällig ein großer See vor uns auftaucht. Das Ufer ist aus Beton. Es gibt eine Bootsanlegestelle.

»Wir könnten auch Bötchen fahren«, versucht meine Freundin dem sich anbahnenden Fiasko Einhalt zu gebieten. Mittlerweile haben die Schönwetterwolken einen Stich ins Schattige bekommen.

»Quatsch, wir baden«, sagt Luisa. »Komm, Anselm, führ uns an den Badestrand.«

Auf gut Glück führe ich uns durch einen grotesk-klammen Tunnel unter dem See hindurch, hinein in etwas, was Stadtkinder als »Wald« bezeichnen würden: eine triste Ansammlung verkrüppelter Bäume neben asphaltierten Wegen, auf denen Geher, Läufer, Spinner und Hunde auf und ab hopsen, wie Gegner in einem Jump-and-run-Spiel. An den Ästen hängen Klopapierfetzen und Kondome. Es riecht nach Kot.

»Schön hier«, sage ich.

Luisa und meine Freundin gucken sich an.

Endlich entdecken wir eine kleine Badebucht, die aber nur aus Schlick, Mücken und einem Mann im Gebüsch besteht. Nicht weit davon gibt es ein Ausflugslokal mit schlechtgelaunten Kindern und überdrehten Kellnern. Alle zehn Meter liegt ein Betrunkener am Wegesrand. Ein paar Zelte lassen an kostengünstigen Urlaub denken, wie ihn Ex-Finanzsenator Sarrazin den Berlinern gerne vorschlägt. Ein Polizeiboot hält an einem Steg. Gelangweilte Beamte tragen eine Schnapsleiche an Bord.

»Hier gehst du also immer hin?«, fragt Luisa interessiert.

»Berlin ist halt nicht Kalabrien«, sage ich schroff.

»Aha«, sagt meine Freundin.

»Entschuldigung?«, fragt Luisa einen Passanten. »Wo kann man denn hier baden?«

»Baden?« Der Rentner mit Hut sieht sie fassungslos an. »Also, früher …«, setzt er an.

»Kommt!«, rufe ich dazwischen. »Da drüben ist doch schon die Bucht.«

Meine Freundin flüstert mir ins Ohr: »Bist du dir sicher?«

»Todsicher«, sage ich.

Tatsächlich habe ich eine Wiese gesehen, die für unsere Zwecke taugen könnte. Allerdings verwandeln Hunderte von Kiefernzapfen die Fläche in eine großangelegte Sohlenmassage. Halbnackte Holländer lungern um eine gestaltete Mitte aus Bierdosen und rauchen sich die Gegend schön. Die ersten Regentropfen fallen. »Herrlich«, sage ich und zeige auf die teichgrünen Wasser vor uns. Eine tote Ente treibt vorbei. Irgendwo weint ein Kind.

Existenzgründerseminar

Der Raum ist schlicht. Weiße Wände, grauer Boden, weiße Tische. Die Stühle sind aus Sperrholz. Es gibt eine Tafel für Kreide, ein Whiteboard, ein Flip-Chart und natürlich einen stehenden Mann, der redet, während fünfzehn Damen und Herren sitzen und schweigen. Fünfzehn Arbeitslose auf dem Weg in die Selbständigkeit. Zu allem entschlossene Unternehmertypen. Dieses Existenzgründerseminar ist die letzte Hürde auf dem Weg in eine staatlich anerkannte Selbständigkeit und – nebenbei bemerkt – zu einem Überbrückungsgeld, also sechs Monate lang 90 Prozent der vormaligen Lohnzahlungen. Der redende Mann mit den tiefen Furchen in den Mundwinkeln hat sich eben als Wolf Ziegel, Coach, vorgestellt.

Die runde Wanduhr mit dem weißen Ziffernblatt zeigt 8.05 Uhr. Es ist Samstagmorgen. Ich versuche die Augen offen zu halten und Ziegel zuzuhören. Ein Kaffee vom Flurautomaten erweist sich dabei als kurzfristige Hilfe. Peinlicherweise hatte ich nicht mal genug Geld für den Kaffee, aber ein gewisser Gerd hat mir mit fünfzig Cent ausgeholfen. Netter Kerl. Rote Haare und Augen wie Eugen Drewermann.

Ziegel ist von Anfang an genervt. »So«, sagt er. »Um

Ihnen das Gröbste auf Ihrem Weg durch die Selbständigkeit zu ersparen, stehe ich hier. Und als Erstes muss ich Ihnen sagen: Wenn Sie sich nicht absolut sicher sind – lassen Sie es. Von zehn Neugründungen sind acht noch vor dem dritten Geschäftsjahr bankrott. Und vorher haben Sie gearbeitet wie ein Topmanager und verdient wie eine Putzfrau. Da gehen Sie besser gleich auf Hartz IV, wenn Sie nicht Calvinist sind und glauben, nur wer arbeitet wie ein Blöder, kommt in den Himmel.«

In diesem Augenblick klopft es an der Tür. Erst zaghaft, dann fordernder. Ziegel räuspert sich. »Herein.«

Stille. Kein Klopfen, kein Klinkedrücken.

»Nun kommen Sie. Die Tür ist offen.«

Die Tür geht langsam auf, und vorsichtig lugt ein rotgesichtiger Mann mit zerrupftem Schopf und Vollbart in den Raum.

»Entschuldigen Sie, Herr Referent. Meine Bahn hatte Verspätung. Die streiken ja dauernd, und dann bei dem Wetter und den Ästen auf der Fahrbahn. Wo doch auch bald wieder ... äh ... Dings ist.« Der Zausel ringt mit den Silben.

»Ja, da setzen Sie sich her. Sie sind der Herr ...«

»Randau. Noch mal: Bitte untertänigst um Entschuldigung, Herr Referent.«

»Ziegel«, sagt Ziegel schlecht gelaunt. »Ich bin der Herr Ziegel. Und ich wiederhole mich nur ungern, aber meine ersten Sätze sind die wichtigsten: Lassen Sie am besten die Finger von der Selbständigkeit und beantragen Sie Hartz IV. Aber schön – kommen wir zum Thema Startkapital.«

Wolf Ziegel setzt nun zu einigen Ausführungen an, die ich trotz meines guten Willens nicht mitbekomme. Zum einen lässt die Wirkung des Kaffees schon wieder nach, zum anderen wird meine Aufmerksamkeit ganz von dem Geruch Randaus eingenommen. Eine ausgefuchste Mischung aus Bierfahne, kaltem Rauch und nicht mehr ganz frischem Chili con Carne. Wie immer, wenn es unangenehm wird, flüchte ich in einen Dämmerzustand, den man wahlweise als Halbschlaf, Dösen oder Trance bezeichnen kann. Ab und an dringen Ziegels Worte wie Echos aus einer anderen Welt in mein Bewusstsein: Umsatz, Gewinn, Benchmarking, Zielgruppen, Sinus-Modell, USP.

Der in Bier und Hack eingelegte Randau eine Reihe vor mir meldet sich. Sein Finger schnippt wie geölt. »Herr Referent, Herr Ziegel. Hätten Sie die Güte, das bitte anzuschreiben?«

Ein anderer Mann ruft von hinten: »Also, wenn ich jetzt meine Pommesbude am Winterfeldtplatz aufstelle, dann habe ich einen Koreaner neben mir. Worauf muss ich da denn dann achten?«

»Ach«, sagt Ziegel und seufzt. »USP – der Unique Selling Point –, bitte nicht mit UPS verwechseln. Obwohl – es ist eigentlich auch egal. Früher sagte man Alleinstellungsmerkmal. Also, was können Sie bieten, was kein anderer hat? Aber vergessen Sie es. Das gibt es nicht mehr. Im Kapitalismus unserer Tage ist jedes Produkt und jede Dienstleistung schon zum Erbrechen diversifiziert. Selbst wenn sie weißrosa gestreifte Cola mit Spermageschmack verkaufen, können Sie sicher sein, dass es die schon irgendwo gibt, und zwar billiger als bei Ihnen.« Ziegel seufzt so laut, dass es schon ein Stöhnen ist. »Am schlimmsten in der Kunst. Alles schon da gewesen. Doppelt und dreifach. Streichen Sie das mit dem USP einfach durch. Schreiben Sie lieber: So viel wie möglich, so billig wie möglich. Hauptsache billig.«

Eine Frau mit ausdünnenden, schwarzgefärbten Haaren meldet sich zu Wort: »Herr Ziegel. Bei meinem Fußservice Ramona hieße das, möglichst viele Füße möglichst günstig zu behandeln, oder?«

»Korrekt«, sagt Ziegel. »Sie sind ja eine richtige Leuchte. Vielleicht sollten Sie statt Fußpflegerin eine Karriere als Professorin anstreben.«

Die Frau schweigt. So laut, dass ich es hören kann.

»Ich war an der Uni«, ruft Randau in den Raum. »Da sind die guten Tage auch vorbei. Jetzt machen einem in der Wissenschaft sogar Frauen Konkurrenz. Hören Sie? Frauen!«

»Ja«, sagt Ziegel mit traurigem Blick. »So ist das halt: Erst rufen alle Demokratie und Gleichberechtigung, und jetzt haben wir den Salat.«

Für ein paar Augenblicke steht Ziegel einfach nur da, ein Mahnmal männlicher Verbitterung. Die Stimmung im Raum ist schwer einzuschätzen, aber ich glaube, nicht wenige denken das Gleiche wie ich: Einfach die zwei Tage absitzen und dann das Geld einstreichen. Vor allem Ziegel dürfte das denken.

Irgendwann, die Teilnehmer scheinen sich bereits in einer mentalen Duldungsstarre zu befinden, sagt Ziegel wieder etwas: »Aber bitte, gehen wir doch einmal die einzelnen Geschäftsideen durch.« Er zeigt auf mich. Das ist zwar erschreckend, aber es hilft auch dabei, der bleischweren Melancholie im Raum nicht wieder durch Einnicken zu entfliehen. Natürlich verschweige ich, dass ich nichts tun will und dazu ein Stipendium der Agentur für Arbeit beantragt habe. Immerhin muss ich einen Businessplan vorlegen, den Ziegel oder ein Steuerberater absegnen muss.

»Detektei für Paranormales«, sage ich.

Ziegel zögert kurz, reibt sich zweimal über die Schläfe, an der seit geraumer Zeit eine dicke Ader pocht, dann ist er wieder auf Sendung, stockt kurz und sagt: »Das klingt doch ganz vernünftig.«

Eine Weile ist es still. Dann rafft sich Ziegel doch noch zu so etwas wie einem Tipp auf: »Geschäfte sind eine Standortfrage. Gut, dass wir jetzt gleich mal so einen Fall haben. Also, was meine ich mit Standort? Ich meine: In der Mongolei sind sie ganz närrisch nach Exorzisten aus dem Abendland, so wie die reichen Berliner gerne Schamanen und Gurus aus Asien einfliegen lassen.«

»Ja, an reiche Berliner hatte ich auch gedacht.«

»Na, dann bieten Sie Ihre Dienste in Zehlendorf oder Grunewald an. Auch im Prenzlauer Berg sehe ich da Möglichkeiten, nur nennen Sie sich da nicht Detektiv für Paranormales. Wir sind nicht mehr in den achtziger Jahren. Nennen Sie sich Lach-Guru, Feng-Shui-Man, Reiki-to-go, Rolfing-Ritter oder Handystrahlen-Neutralisierer.«

»Oh, das klingt nicht schlecht, danke.«

Damit lässt mich Ziegel auch schon vom Haken. Er wendet sich dem Herrn mit den Drewermann-Augen zu, der ruhig und aufrecht in der ersten Reihe sitzt.

»Schitteböhn, Herr Brand.«

»WIM. Meine Firma heißt WIM.«

»Ja, und was bitte schön ist das?«

»Weniger ist mehr. Beseitigungen aller Art.«

»Aha. Ja. Sicher. Und was genau beseitigen Sie da?«

»Alles.«

»Alles? Da haben Sie sich einiges vorgenommen.« Kurz huscht die Erinnerung eines Lächelns über Ziegels Gesicht.

»Das klingt aber interessant«, sagt Ramona, die Fußpflegerin.

»Ich sehe eine Trendwende.« Brands Stimme lässt an uralte Bäume, den Grand Canyon und das Gefühl nach gutem Sex denken.

»Trendwende?«

»Die Leute haben das Höher, Schneller, Weiter und Mehr zunehmend satt. Wer braucht unzählige Shampoos, Handyverträge oder Internetinfodienste? Gerade die älteren Ostdeutschen fühlen sich überfordert. Sie wollen nicht mehr, sie wollen weniger. Und da kommt mein Service ins Spiel. Jemand ruft mich an, und ich nehme ihm etwas ab: zum Beispiel die Entscheidung, welchen Tisch, DVD-Spieler oder Bausparvertrag er sich zulegt. Noch lieber nehme ich aber ganz real etwas weg: Schallplatten, die er ja doch nicht hört, oder alte Bücher, überflüssiges Geschirr, belastende Erinnerungsstücke, Briefe, ein Auto. Ich verlange noch nicht einmal Geld dafür.«

Ramona wird ganz aufgeregt. »Das klingt doch sehr interessant. Nehmen Sie denn nur Gegenstände ab, oder …«

»Ich beseitige alles. Störende Haustiere, in Ungnade gefallene Senioren, Pubertierende. Bei Bedarf auch Ehepartner, Kollegen, Vorgesetzte.«

»Klingt gut«, sagt Ziegel. »Beseitigen Sie auch Kunstwerke? Diese ganzen Bilder, Plakate, Installationen, Clips, Statuen ...«

»Wie gesagt, Herr Ziegel: Auf Wunsch beseitige ich alles.«

»Das gab's doch alles schon!«, ruft Randau. »Marinetti, Marinetti!«

Ein bisher unauffällig gebliebener Herr schaltet sich ein: »Nun brüllen Sie doch nicht so. Und Sie, Herr Brand, wie denken Sie sich das? Wenn Sie Menschen beseitigen, wandern Sie sofort ins Gefängnis.«

Herr Brand nickt ernst, sagt dann aber: »Beseitigungen von Menschen sind eine Frage der Stellung des Opfers und des Einflusses meiner Auftraggeber. Ich denke hauptsächlich an Regierungsaufträge: überflüssige Beamte, Sozialschmarotzer, Menschen über fünfundsiebzig ohne Geld und Angehörige, Drogensüchtige, Ausländer ohne Visum.«

Ramona klatscht. Randau schlägt mit der Faust auf den Tisch, sieht mich an, stößt auf, sagt aber nichts.

»Also, wenn Sie das mit der Regierung vereinbart bekommen, dann steht Ihre Idee schon auf einem ganz soliden Fundament.«

Ziegel wirkt zum ersten Mal an diesem Vormittag nicht genervt.

»Eben«, sagt Brand. »Weniger ist mehr. Weniger Rentner, weniger Rentenproblematik.«

»Und das Bruttosozialprodukt steigt wieder«, ruft eine Frau aus der letzten Reihe. »Da kriegt man hier mal wieder gute Laune.«

In der Pause kommt Brand ausgerechnet wieder auf mich zu. Er legt mir sogar die Hand auf die Schulter, schaut mich aus seinen Sittichaugen an und erkundigt sich nach meiner Detektei. Ich erzähle ein bisschen, dann erzählt Brand, wie sehr er Schmarotzer verabscheut, und unter den Schmarotzern vor allem die größenwahnsinnigen Künstler, die an jeder Straßenecke herumlaufen. Ein Volkskörper, der gesund sein wolle, könne sich diese Spinner auf Dauer nicht leisten. Ich nicke und gebe ihm recht. Dann will er meine Visitenkarte, falls er mal für seine Aktionen einen Spezialisten fürs Okkulte braucht.

»Habe ich vergessen«, sage ich und versuche zu lächeln.

»Na, macht nichts. Ich gebe dir mal meine. Kannst dich ja mal melden.«

»Gerne«, sage ich, nehme die Visitenkarte mit beiden Händen entgegen und bin kurz davor, mich zu verbeugen.

Es fährt eine S-Bahn
nach nirgendwo

Nachts gegen halb eins steige ich am Alexanderplatz in eine S-Bahn Richtung Ostkreuz. An eine der durchsichtigen Plastikscheiben gelehnt, starre ich auf den hellgrauen Boden und frage mich plötzlich, was hier so stinkt. Habe ich vergessen, mich zu waschen? Bekomme ich nun die Quittung für diese Nonchalance? Und warum fällt mir das erst jetzt auf?

Es gibt allerdings noch zwei andere Fahrgäste, die als Ursache des Gestanks in Frage kommen: eine Frau mit grauen, kurzen Haaren und ein weihnachtlich dekorierter Dobermann zu ihren Füßen. Der Hund trägt ein rotes Leibchen mit weißem Rand, allerdings keine Mütze. Eine Hand an der Stange, lasse ich meinen Oberkörper beiläufig in die Nähe von Frau und Hund schwingen. Weder wird der Gestank stärker, noch verzieht die Frau das Gesicht, als ich ihr näher komme. Somit bleibt nur noch ein älterer Mann auf einem Zweiersitz.

Er sitzt dort, zu seiner Rechten eine kaum gefüllte Supermarkt-Plastiktüte, auf dem Boden vor sich drei oder vier weitere Tüten, deren Inhalt ich nicht erkennen kann. Der Mann hat teils graue, teils weiße Haare, die wild aus seiner Stirn sprießen und auf den ausgebeulten Polstern eines braunen Jacketts zwischen zahllosen Schuppen Halt suchen. Seine Augen sind nur halb geöffnet. Er wirkt mehr müde als betrunken. Die ganze Erscheinung hat etwas von einem Fraggle, einem Wombat oder irgendetwas anderem, das gleichzeitig zerzaust, grundsätzlich kämpferisch, dabei aber freundlich wirkt. Irgendwie glaube ich auch, in dem Mann einen Ungarn vor mir zu haben, ohne diesen Glauben begründen zu können. Zu dem Jackett trägt er eine schwarze, fleckige Anzughose, einen ehemals hochwertigen Schuh am rechten Fuß und einen karierten Filzpantoffel am linken. Der Pantoffel ist mit einer mischfarbigen Socke zu einem harzigen Zopf zusammengewachsen, aus dem eine braune Flüssigkeit suppt.

Mir ist mittlerweile klar, dass der Geruch von kaltem Rauch in Kleidern, verdorbenem Fleisch und süßliche Aromen verströmenden Krankheiten nur von ihm ausgehen kann. Während meiner eingehenden Betrachtung ist der Mann auf mich aufmerksam geworden, sieht mich an und fragt: »Wann fährt die letzte Bahn?«

»Das weiß ich nicht«, sage ich und frage nach einer kleinen Pause: »Wohin müssen Sie denn?«

»Es fährt ein Zug nach nirgendwo.«

»Nach nirgendwo?«

»Ja, das Lied.«

»Ich weiß«, sage ich, »aber wenn Sie nirgendwohin müssen, dann ist es doch egal, wann die letzte Bahn fährt.«

»Nein, nein. Wie lange fährt diese Bahn noch?«

»Keine Ahnung, aber bestimmt nicht länger als bis ein Uhr.«

»Draußen ist es kalt«, sagt der Mann, wie zu sich selbst gesprochen.

»Stimmt. Unter null.« Ich denke kurz nach, dann sage ich: »Sie können bei mir schlafen, wenn Sie wollen.«

Es entsteht eine Gesprächspause, in der ich Zeit habe, mir die Konsequenzen meiner Einladung noch einmal vor Augen zu führen. Es gibt schließlich Betreuung und Räume für Obdachlose, von Steuergeldern finanziert. Damit bin ich als treuer Staatsbürger die Verantwortung für wildfremde Menschen eigentlich los. Außerdem ist es unvernünftig, einen Kranken mit nach Hause zu nehmen. Am Ende stirbt er bei mir oder bekommt einen psychotischen Schub.

»Ach, darum geht es ja nicht«, reißt mich der Mann aus meinen Gedanken. »Die Frage ist nur, wie lange die Bahn fährt.«

»Die fährt nicht die ganze Nacht. Vielleicht die Tram, aber nicht die S-Bahn.«

»Wo ist denn die Tram?«

»Warschauer Straße. Jetzt gleich kommt die Warschauer Straße.«

Versonnen blickt der Mann abwechselnd auf mich und auf seine Tüten. Die S-Bahn hält, ohne dass er sich rührt.

»Sie können bei mir schlafen«, höre ich mich sagen, als die Bahn wieder anfährt. »Das kriegen wir schon hin. Sie auf dem Sofa, und morgen geht's weiter.«

»Darf ich *du* zu Ihnen sagen?«

»Gerne.«

»Wie ist das denn bei dir so?«

»Ich wohne alleine. Da ist genug Platz.«

»Und wo ist das?«

»Haltestelle Ostkreuz.«

»Und wie weit muss man da laufen?«

»Nicht weit. Vielleicht hundertfünfzig Meter.«

»Hundertfünfzig Meter? Das ist schon weit.«

»Nicht weiter als von S-Bahn Warschauer Straße zur Tram Warschauer Straße.«

»Aber immer noch weit.«

»Na ja, es lohnt sich. Ein Dach über dem Kopf, ein Kaffee. Eine Dusche. Duschen könnte dir guttun.«

»Ich kann nicht duschen.«

»Aha.« Eine neue Welle Gestank schlägt mir ins Gesicht, und ich muss kurz die Luft anhalten, damit mir nicht schlecht wird.

»Hast du denn Musik?«

»Ja, ich habe Musik. Eine Stereoanlage und viele CDs.«

»Auch Jazz?«

»Kaum.«

»Chet Baker?«

»Nein, ich fürchte nicht. Vielleicht kann ich das aus dem Internet ziehen.«

»Du hast Internet?«

»Ja.«

»DSL?«

»Ja, ich glaub schon.«

»Hast du auch ein Telefon?«

»Ja. Du musst dich übrigens schnell entscheiden. Wir sind gleich am Ostkreuz.«

»Auch ein Handy?«

»Ja. Aber ich dachte, du kommst mit und schläfst einfach. Ich will nicht mehr lange wach bleiben.«

»Ist das ein Dual-Band-Handy?«

»Das weiß ich nicht.«

»Du weißt nicht, ob das ein Dual-Band-Handy ist? Kann man MMS versenden, Videos drehen, gibt es eine Bluetooth-Funktion?«

»Ich glaube nicht. Das hier ist das Handy.« Ich ziehe mein altes Mobiltelefon aus der Jacke. »Ich glaube, das kann das alles nicht.«

»Hast du einen Fernseher? Vielleicht LCD oder Plasma? Mit 'ner ordentlichen Bildschirmdiagonale?«

Die Bahn hält. Die Türen öffnen sich.

»Wir müssen raus.«

»Keinen Fernseher?«

»Nein, keinen Fernseher. Die Zeit läuft.«

»Die Zeit ist schon um.« Der Mann streckt mir die Hand entgegen. Sie fühlt sich trocken und fest an. »Du bist ein intelligenter Mann«, sagt er. »Ich bin auch ein intelligenter Mann.« Ich ziehe meine Hand weg und beeile mich, noch rechtzeitig nach draußen zu kommen.

Als die Bahn abfährt und ich noch einmal kurz den Hinterkopf des Mannes sehe, wie er in der Nacht verschwindet, spüre ich plötzlich einen heftigen, schmerzhaften Stich in meinem Herzen. Für wenige Sekunden bin ich so traurig, als hätte mich gerade ein guter Freund für immer verlassen. Aber noch bevor ich die Tür zu meiner Wohnung aufschließe, ist dieses Gefühl wieder verflogen, und ich bin froh, dass der wildfremde stinkende Mann mich nicht mehr belästigt.

Der magische Bengel

Eines kalten Vormittags sitze ich in meinem Büro, die Füße auf dem Ikea-Tisch meiner Vermieterin, in der Hand ein Glas Golden Sun Straight Bourbon, als es klingelt. Ich betätige den Türöffner und setze mich wieder in Philip-Marlowe-Pose an den Tisch. Es klopft an meiner Bürotür.

»Herein«, rufe ich neugierig und sehe mich kurz darauf jemandem gegenüber, mit dem ich nicht gerechnet habe: kein Paketbote, kein Zeuge Jehovas, kein GEZ-Personal und niemand, der mich fragt, ob ich Vorurteile gegenüber vorbestraften, ehemals heroinsüchtigen Zechprellern mit Migrationshintergrund habe. Stattdessen steht da ein blasser Bengel von vielleicht elf Jahren. Sein Pottschnitt erinnert an die Possen der Berliner Friseur-Mafia, seine Nickelbrille an Peter Lustigs Löwenzahn, sein Anzug an eine Kommunion in meinem Heimatdorf. Ich biete dem Jungen einen Stuhl und einen Kinderbourbon mit nur 20 % an.

Der Kleine riecht an dem Getränk, schüttelt angeekelt den Kopf und sieht mich traurig an. Mein Blick fällt auf eine zackenförmige Narbe auf seiner Stirn.

»Na, beim Fußball am Stollen hängengeblieben?«, deute ich auf die ehemalige Verletzung. »Oder Zoff mit Zorro gehabt?«

»Nein, Mister«, antwortet er in der tonalen Achterbahn seines Stimmbruchs. »Das war ein Blitz. Ein böser Magier hat meine Eltern getötet, als ich noch klein war. Ich habe als Einziger den Anschlag überlebt.«

»Ein böser Magier?«

»Ja, seinen Namen spricht man besser nicht aus.« Der Junge blickt sich ängstlich um.

»Lass mich raten: Deine Eltern waren auch Zauberer.«

»Ja, Mister.«

»Und du hast auch unglaubliche Fähigkeiten, stimmt's?«

»Woher wissen Sie das?«

»Intuition«, sage ich und tippe mir an die Schläfe.

Ermutigt durch meine Worte, kommt der Bengel ins Reden: »Meine Eltern waren die größten Magier aller Zeiten. Jetzt lebe ich bei Lichtenberger Asozialen.«

Es entsteht eine Pause. Eine von diesen Pausen, in denen du dir wünschst, ein Mammut würde durchs Zimmer laufen oder wenigstens ein Zwerg anklopfen und fragen, ob jemand gebrannte Mandeln möchte.

»Sind Sie wirklich Detektiv für paranormale Phänomene?«, fragt der Junge plötzlich.

»Würde ein erwachsener Mensch sonst so etwas an seine Tür schreiben?«, frage ich.

»Das hier sieht eher aus wie ein runtergekommenes Zimmer im Männerwohnheim.«

»Alles Tarnung.«

»Dann glauben Sie an Magie, nicht wahr? Sie sind

bestimmt kein Muggel. Mit Ihnen kann man reden, oder?«

»Reden kann man mit mir.«

»Ich werde verfolgt«, sagt der Junge. Ich versuche aufmunternd zu schauen, während ich denke: Verdammt, der Kleine hat schon das erste Paranoiaklößchen aus der Brühe seines Zauberer-Größenwahns geschöpft.

»Es sind vor allem Freikirchler, charismatische Christen, aber auch ein paar Pädagogen und Therapeuten. Sie sagen, ich verderbe die Jugend mit Hexenkult und dämonischen Einflüsterungen.«

»Wie kommen die darauf?«

»Na ja, wegen der Magie, denke ich. Weil ich so toll zaubern kann. Jetzt wollen alle Jungen und Mädchen zaubern. Wegen mir gibt es Zauber-Partys und Mitternachtsbuchversand. Die Jugendlichen reden von Eulen, wenn sie E-Mails meinen, und von Muggels, wenn sie über ihre Eltern reden.«

»Aha«, sage ich blöde, schenke mir einen Doppelten ein und proste dem Jungen zu.

»Herrje!« Der Bengel klingt unwillig. »Ich werde verfolgt. Sie sollten etwas unternehmen, anstatt zu trinken. Ein paar christliche Schläger warten schon vorm Haus.«

»Entschuldige mich.« Ich lasse den Jungen in meiner Wohnung, gehe über den Innenhof und sehe durch die Haustür raus auf die Boxhagener. Der Kleine hat nicht geflunkert: Dort stehen allerlei Menschen mit Transparenten, auf denen ich verschiedene Sprüche lesen kann. »Nieder mit dem Okkultismus.« »Bekämpft den dämonischen Einfluss auf unsere Jugend.« »Töten für den Frieden ist wie sich kreuzigen lassen für die Liebe.« »Potter = Satan«. »Das Ende ist einigermaßen nah!«

Jetzt, wo ich hinter dem Glas der Haustür zu erkennen bin, ertönen auch Sprechchöre: »Gib den Jungen raus, gib den Jungen raus. Sonst brennt dein Ketzerhaus. Gib den Jungen raus!«

Rasch kehre ich in meine Wohnung zurück und lege die Kette vor.

»Scheiße, und was jetzt?«, frage ich den Jungen.

»Ich dachte, Sie sind der Detektiv.«

»Da hast du recht. Also, wir sollten die Polizei rufen, oder?«

»Die Polizei ist auch gegen mich. Die stecken mich in ein Heim.«

»Na ja, besser als der Ketzertod.«

Der Junge sieht so enttäuscht aus, dass ich mich bemühe, eine neue Idee zu formulieren. Mir fällt bloß nichts ein.

»Darf ich einmal bei Ihnen ins Internet?«

Ich lasse den Jungen gewähren. Er schaut Begriffe bei Wikipedia nach, die, soweit ich das verstehe, mit der Wiederkunft Christi zu tun haben. Irgendwann sagt er: »Könnten Sie mir zwei Nägel in die Handflächen schlagen?«

»Können wir nicht einfach rote Punkte aufmalen?«

»Ich könnte es auch selbst versuchen, wenn Sie mir einen Hammer und Nägel geben.«

Die Sprechchöre dringen mittlerweile vom Innenhof zu uns herauf, und es ist nicht zu überhören, dass der Mob immer wütender wird.

Mit weich gewordenen Knien hole ich mein Werkzeugkistchen aus der Küche und heiße den Jungen, seine rechte Hand auf den Tisch zu legen.

»O Gott, ich glaube, mir wird schlecht«, sage ich, als ich den Hammer und einen Nagel bereits in der Hand halte.

»Soll ich Sie trösten?«, fragt der Junge ruhig. »Meine Stiefmutter tröste ich auch immer, wenn mein Stiefvater einen von uns beiden vermöbelt hat.«

Ich schließe die Augen und schlage den Nagel in das weiche, blasse Fleisch – aber nur so weit, bis er hält. Das Gleiche wiederhole ich mit dem linken Handteller. Der Junge beißt die Zähne zusammen und wird noch blasser. In diesem Moment klingelt das Telefon. Reflexhaft greife ich zum Hörer und sage wenig freundlich in die Muschel: »Ja? Was?«

»Ich bin's«, höre ich meine Freundin leicht verunsichert sagen.

»Ich ruf später zurück«, sage ich. »Bin beschäftigt.«

»Was machst du denn?«

»Ich bastele was.«

»Du?«

In diesem Moment wimmert der Knabe leise.

»Was war das?«, fragt meine Freundin.

»Ein Junge«, sage ich wahrheitsgemäß.

»Du bastelst, und ein Junge sitzt dabei und maunzt?«, fasst meine Freundin zusammen.

»Er ist noch ziemlich jung.«

»Ach so.«

»Das klingt vielleicht komisch, aber …«

»Nein, nein. Es klingt total vertrauenerweckend. Halt eine typische kleine Freitagvormittag-Bastelei.«

Meine Freundin legt auf.

Ich begleite den magischen Bengel in den Innenhof. Mit erhobenen Händen geht er auf die christlichen Splittergruppen zu. Ich halte mich im Hintergrund.

»Erkennt ihr mich denn nicht? Ich bin zurückgekehrt, um ein Zeitalter des Friedens und der Liebe zu verkünden.«

»Du bist der satanische Potter«, antwortet ein Weißbärtiger.

»In meinen Büchern geht es um den Kampf gegen das Böse, lest genau, und ihr erkennt die christlichen Zeichen auf jeder Seite«, antwortet der Junge. »Das Symbol des Fisches, die zwölf Apostel, den jüngsten Tag. Lest sehr genau. Lest zwischen den Zeilen. Und entdeckt auch das verborgene Akrostichon.«

»Parusie!«, schreien die einen.

»Blasphemie!«, brüllen die anderen.

Ein ziemliches Durcheinander entsteht, bis sich schließlich der Weißbärtige wieder Gehör verschafft: »Wirk ein Wunder. Beweise uns, dass du der Messias bist!«

Der Junge antwortet: »Mit diesen Worten hat mich einst der Satan versucht. Wo der Glaube schwach ist, wollen die Menschen Wunder. Ich stehe vor euch, aber ihr erkennt mich nicht. Was für Zeiten, was für Menschen.«

»Er ist es. Er ist es«, rufen jetzt noch mehr als zuvor. Der Weißbärtige bleibt skeptisch. »Wieso bist du so jung und blassgesichtig?«

»Die Wege des Herrn sind unergründlich. Beantworte du mir aber diese Frage: Da es das Böse gibt, wie kann Gott dann gut und gleichzeitig allmächtig sein?«

Der Weißbärtige kratzt sich am Kopf. »Nun«, sagt er, »die freie Wahl, der Sündenfall, Satan.«

»Es war also deine freie Entscheidung, dich zu versündigen?«

Der Weißbärtige sieht ängstlich in die Runde. »Wie, wie meinst du …«

»Du weißt genau, was ich meine. Deine Werke und Gedanken sind mir nicht verborgen geblieben.«

»Aber, aber …«, stammelt der Weißbärtige. Er sieht aus wie eine gehetzte Bisamratte.

»Bekenne deine Sünden!« Aus allen Ecken schallt der Ruf. »Der Heiland hat dich durchschaut.«

»Ja, Herrgott im Himmel, ja – ich liebe norwegische Wildkatzen. Ja, ja, verdammt. Aber nur einmal habe ich dem Laster nachgegeben. Das andere Mal war es ein Luchs.«

»Sodomit!«, brüllen viele und suchen nach Stöcken und Steinen.

»Halt!«, ruft der Bengel. »Wer von euch ohne Sünde ist, der werfe den ersten Stein – oder Stock!«

Die Christinnen und Christen raunen und flüstern und senken dabei den Blick zu Boden, wie Kinder, die man beim Keksemopsen erwischt.

»Er ist es«, sind sich jetzt alle einig. »Kniet nieder, die Wiederkunft zu preisen.«

So sind am Ende alle glücklich. Ich überschlage im Groben folgende Gruppierungen: die Kohorte Gabriels, Ratzingers Rowdys, die singenden Propheten Bad Berleburg, die wiedergestorbenen Christen Radevormwald, Uralt-Katholiken aus der

Oblate Aachen, charismatische Langweiler Münster, Schwarmgeister Gütersloh, den CVJM »Brot, Wein und sittsame Spiele«, die niederbayrischen Weihwasser-Buam, den MC »Tranzendenz statt Transparenz«, die verdrehten Jungfrauen vom Kreuz der letzten Blutung, die altbayrischen Anthropomorphen, fundamentalistische Ex-Junkies Köln, Wiederholungstäufer, unorthodoxe Methodisten, unmethodische Orthodoxe und die Kreuzritter der strikten Larmoyanz. Ein ganz schönes Aufgebot.

Sie alle erkennen den magischen Bengel als wiedergekehrten Christus an und bestürmen ihn mit Fragen, die er nach bestem Wissen und Gewissen zu beantworten sucht. Ich hole unterdessen den Bourbon und verteile Plastikbecher an die durchgefrorenen Glaubensbrüder und -schwestern. Später gesellen sich sogar noch ein paar Rollenspieler mit Chips und Bier dazu, und es wird ein richtiges kleines Fest.

Na gut, ich gebe es zu: Diese Geschichte ist zu weiten Teilen ausgedacht. Sie wäre sonst zu traurig geworden. Da habe ich ein bisschen an ihr herumgezaubert. Der magische Bengel hätte es genauso gemacht.

Frau Diamant

Ich irre durch Grunewald, es ist furchtbar heiß, ich habe Durst und kann mir etwas Besseres vorstellen, als die Villa einer Frau zu suchen, der es offenbar nicht zu blöd ist, sich Diamant zu nennen. Allerdings will ich nicht zu streng mit der Unbekannten sein. Ihr Sohn ist gestorben. Mein Job ist es, sie zu interviewen und anschließend einen Nachruf auf den Toten zu schreiben.

Grunewald finde ich eher enttäuschend. Ich habe mir die Villengegend prächtiger vorgestellt. Auch das Haus von Frau Diamant macht, als ich es endlich gefunden habe, auf mich eher einen verschlafen-düsteren als einen prunkvollen Eindruck. Hinter einer undurchdringlichen Buchsbaumhecke erstreckt sich ein ungepflegter Rasen, durch den ein aus Steinplatten gelegter Weg zu einer kleinen bemoosten Freitreppe führt. Hinter doppelflügeliger Tür empfängt mich Frau Diamant in einem schwarzen Etuikleid, einer schlichten Perlenkette und in Stöckelschuhen. Sofort überkommt mich Furcht. Ein hintergründiger Geruch nach Olivenöl atmet aus einer Frau, die je nach Einfall des Lichtes wie eine Vierzig-, eine Siebzig- oder eine Neunzigjährige wirkt, die schlaff hängenden Hautsäcke teilweise mit Rouge, Kajal und Lidschatten verpinselt zu einer grotesken Travestie der überlebensgroßen Mädchengesichter auf den Werbeplakaten.

»Ich bin Herr Neft von der Zeitung«, sage ich.

»Ach Gottchen.« Frau Diamant wechselt ein gutgefülltes Sektglas in die linke Hand, als sie mir die rechte zum Gruß reicht.

»Sekt?«, fragt sie nach der knappen Begrüßung.

»Nein danke.«

»Warum denn nicht?«

»Ich mag nicht.«

»Ach Gottchen.«

»Wie auch immer, ich wollte …«

»Wer schickt Sie denn jetzt?«

»Ich sagte doch bereits: Ich bin von der Zeitung.«

»Kommen Sie, junger Mann. Sie sind ja ganz durcheinander. Setzen wir uns doch auf die Terrasse. Kommen Sie.«

Ich folge den auf dem Parkettboden klackenden Schritten von Frau Diamant durch eine Diele und einen kleinen Salon auf eine Terrasse im hinteren Garten.

»Setzen Sie sich! Sekt, Bier, Wein?«

»Ein Wasser würde ich nehmen.«

Frau Diamant weist mir einen Stuhl zu und stöckelt davon. Erst jetzt bemerke ich, dass mein Atem schneller geht als gewöhnlich. Schweiß steht auf meiner Stirn. Ich wische ihn rasch mit dem Ärmel fort und schaue verstohlen durch eine Glasscheibe in das Wohnzimmer. Ein auf Hochglanz polierter Sekretär, eine Kommode aus Kirschbaumholz, ein gewaltiger Esstisch, umringt von dreizehn Stühlen, ein dreisitziges, rotbraunes Chesterfield-Sofa – alles so geschmackvoll ausgesucht und angeordnet, dass ich über meiner wachsenden Faszination die Furcht vergesse.

Frau Diamant kehrt mit einem Glas und einer Karaffe Wasser zurück. Sie beobachtet mich dabei, wie ich mit hastigen Schlucken trinke und mir neuen Schweiß von der Stirn wische. Dann nimmt sie selbst Platz und schlägt ein Bein wippend über das andere.

»Also«, setze ich an, »ich bin hier, um mit Ihnen über den Tod …«

»Den Tod? Das ist ja ein ganz abscheuliches Thema. Ich werde wütend, wenn ich nur daran denke. Wozu steckt man jährlich Abermillionen in die Forschung, wenn sie kein Mittel gegen den Tod finden?«

»Es würde wohl etwas voll auf der Erde werden, Frau Diamant. Heißen Sie eigentlich wirklich so?«

»Ich heiße wahrhaftig so, seit ich mich so nenne. Sie wissen ja – ein Diamant ist unvergänglich. Und voll würde es nur, wenn es Hinz und Kunz erlaubt wäre, unsterblich zu sein. Das aber lehne ich von vorneherein ab.«

»Und wem sollte es erlaubt sein, ewig zu leben?«

»Na, denen, die es sich leisten können.«

»Das ist doch total ungerecht!«

Frau Diamant sieht mich mit ihren Stummfilmschauspielerinnen-Augen an und lacht kurz auf.

»Was haben Sie denn für possierliche Ansichten? Soll ich Ihnen sagen, was wirklich ungerecht ist?«

Als ich nicht antworte, fragt sie: »Sind Sie homosexuell?«

»Ich wüsste nicht, was …«

»Sie haben so etwas Feminines. Aber andererseits fehlt es Ihnen völlig an modischem Talent.«

»Wir sollten uns dem Nachruf zuwenden. Deswegen bin ich doch wohl hier.«

»Ich weiß nicht, weswegen Sie hier sind, aber ich sage kein Wort mehr, wenn Sie mir nicht erst meine Frage beantworten.«

»Ob ich homosexuell bin?«

»Ob Sie Frauen attraktiv finden.«

»Nicht alle.«

»Natürlich nicht. Warten Sie hier, ich möchte Ihnen etwas zeigen.«

Bevor ich antworten kann, hat sich Frau Diamant erhoben und geht über die Fliesen der Terrasse zurück ins Wohnzimmer.

Ich sitze da und lausche den fernen Klängen eines Rasenmähers, die bisher jenseits meines Bewusstseins durch die Stille des Villenfriedens geknattert sind. Ich mache mir selbst Vorwürfe, weil ich mir die Gesprächsführung von Anfang an aus der Hand habe nehmen lassen. Irgendetwas in mir kuscht vor dem ganz natürlich wirkenden Selbstbewusstsein dieser eleganten Frau. Außerdem bin ich finanziell darauf angewiesen, dass der Nachruf zustande kommt.

Als Frau Diamant zurückkehrt, hält sie mir zwei Fotos hin. Es sind alte Aufnahmen, vielleicht aus den sechziger Jahren. Sie zeigen eine junge Frau, die so gut aussieht, dass auch die damals angesagte Frisur ihre Erscheinung nicht verunstalten kann. Eine knisternde Kraft geht von der fingergroßen Dame aus und erzeugt in mir das Gefühl, als sähe ich eine

Geliebte, die ich aus nicht nachvollziehbaren Gründen vergessen habe.

Peinlich berührt stelle ich irgendwann fest, dass ich übermäßig lange auf die beiden Fotografien gestarrt habe.

»Sehr gute Aufnahmen«, sage ich in sachlichem Tonfall. »Sind Sie das?«

Anstatt zu antworten, nimmt mir Frau Diamant die Fotos aus der Hand und wirft mir unter dick getuschten Wimpern einen frivolen Augenaufschlag zu, als sie mit der rechten Hand den linken Träger abstreift und dann ihre Arme schützend vor ihrem Busen kreuzt. In ihrem Gesicht klebt Camouflage wie beige Spachtelmasse über großporiger Haut. Ihre Lippen bestehen fast ausschließlich aus zwei gemalten Linien.

»Gefällt dir, was du siehst?«, haucht sie. Noch bevor ich etwas erwidern kann, sagt sie: »Mir auch nicht. *Das* ist ungerecht.«

Ich blicke zu Boden. »Aber ich bin wegen Ihrem Sohn hier. Sie wissen doch, der Nachruf.«

»Nachruf? Was faseln Sie da?« Mit eckigen Bewegungen schiebt Frau Diamant ihren Träger wieder hoch. »Nachrufe schreibt man, wenn jemand gestorben ist.«

»Ja, so wie Ihr Sohn.«

Frau Diamant steht für einen Augenblick einfach nur da, wie ein kurioses Kunstwerk aus der Sammlung eines Millionärs.

»Mein Sohn ist nicht tot.«

»Aber Sie haben in der Redaktion angerufen. Herr Mandel hat mich beauftragt ...«

»Entweder ist dieser Mandel ein Schwachkopf, oder ich war betrunken. Reichen Sie mir mal den Sekt.«

Mit leicht zitternder Hand gebe ich Frau Diamant ihr Glas. Der linke Teil ihres Kopfes wird von der Sonne beschienen und hebt sich hell und leuchtend vom Rest ihres Körpers ab.

»Herr Mandel hat mich gebeten, einen Nachruf auf Ihren verstorbenen Sohn Paul zu schreiben«, sage ich so gelassen wie möglich.

»Mein Sohn Paul ist wohlauf. Er ist übrigens in Ihrem Alter. Von Tod keine Spur.«

»Na, dann liegt wohl ein Missverständnis vor.«

»Sehr richtig. Paul ist putzmunter. Er wohnt hier im Haus. Vielleicht ist er da.«

»Ach, er wohnt noch hier?«

»Ja, sicher. Was soll er denn da draußen bei den ganzen Verrückten, wo er's hier doch gut hat? Ist eh ein zartes Kerlchen.«

»Dann ist ja alles geklärt.«

»Kommen Sie, wir gehen mal nach ihm schauen. Es würde mich nicht wundern, wenn Sie sich gut mit ihm verstehen.«

»Ich will keine Umstände machen, Frau Diamant. Ich denke, ich gehe jetzt.«

»Es macht gar keine Umstände. Kommen Sie mit und denken Sie nicht. Sagen Sie meinem Sohn guten Tag und anschließend dem sauberen Herrn Mandel, dass er nicht alles durcheinanderbringen soll. Da erklärt der einfach Quicklebendige zu Leichen. Na ja, Presse. Wir wissen ja beide, was das für ein Haufen ist.« Frau Diamant trinkt mit einem großen Schluck ihr Glas leer und sieht mich herausfordernd an. Offenbar bemerkt sie meine Unentschlossenheit noch besser als ich, als sie sagt: »Nur zu, auf dem Weg nach draußen kommen wir ohnehin an seinem Zimmer vorbei. Vielleicht ist er ja auch gar nicht da.«

»Na gut. Aber nur ganz kurz, und nur wenn es wirklich keine Umstände macht.«

»Sie sind umständlich, sonst nichts.« Mit diesen Worten geht Frau Diamant voran, mittlerweile nicht mehr ganz sicher auf den Beinen. Vom Wohnzimmer aus führt sie mich in einen von Gemälden gesäumten Flur.

»Kommt in dieser Enge gar nicht richtig zur Geltung, der ganze Klimbim«, sagt Frau Diamant, als wir ein paar abstrakte Gemälde passieren.

Schließlich bleibt sie an einer Tür stehen und klopft.

»Ja«, sagt sie. »Ein Herr Neft von der Zeitung.«

Nicht nur, weil ich von drinnen nichts gehört habe, überkommt mich plötzlich ein Gefühl, das meinen Magen zusammenpresst und meine Gedanken lähmt.

»Ich will wirklich nicht …«

»Hereinspaziert!«, sagt Frau Diamant und öffnet die Tür. Ich stehe einen Moment so dicht neben ihr, dass ich ihre säuerliche Fahne riechen kann, die sich mit einem anstrengenden Parfümgeruch mischt. Vor mir erstreckt sich ein Raum von vielleicht zwanzig Quadratmetern, der nach drei Seiten hin von deckenhohen Bücherregalen eingeschlossen wird. Vor einem der bis zum Anschlag mit Büchern gefüllten Regale steht ein Bett, mehr eine Pritsche als ein feudales Schlaflager. Gegenüber der einzigen Tür des Zimmers bedecken Papierbögen, Kugelschreiber,

Kladden und Bücher einen Schreibtisch, auf den eine Jugendstillampe mit grünem Schirm einen honiggelben Lichtkreis wirft. Vor dem Tisch steht ein Stuhl. Über dem Stuhl hängt eine beige Strickjacke. Von einem Paul ist weit und breit nichts zu sehen.

Ängstlich sehe ich zu Frau Diamant, die mir aufmunternd zunickt. »Nur zu, er beißt nicht.«

»Natürlich beißt er nicht, er ist ja gar nicht da.«

Frau Diamant lacht eine ganz Oktave von oben nach unten.

»Na, Paul, so sind sie, die Zeitungsmenschen. Sehen auch nur, was sie sehen wollen.«

Ich räuspere mich. »Guten Tag, Herr Diamant«, sage ich mit einer Stimme, die mir fremd vorkommt.

»Na, sehen Sie? Jetzt haben Sie ihn ja doch entdeckt. Manche glauben nur, was sie sehen, andere sehen, was sie glauben. Aber am Ende kommt es doch ganz aufs selbe hinaus. Nicht wahr?«

Ich stehe da und nicke, aber offenbar so schwach, dass Frau Diamant ihre Stimme erhebt: »Nicht wahr?«

»Ja, Sie haben recht. Also dann – noch einen schönen Tag. Es war sehr nett bei Ihnen.«

Frau Diamant hört mir gar nicht zu, sondern tritt zu dem Stuhl und sieht nachdenklich auf den Schreibtisch. Dann streicht sie mit einer so sicheren und so zarten Handbewegung über einen unsichtbaren Kopf, dass ich kurz glaube, tatsächlich jemanden auf dem Stuhl sitzen zu sehen.

»Arbeite nicht so viel, Junge. Draußen scheint die Sonne. So schön. Vielleicht das letzte Mal in diesem Jahr.«

So leise wie möglich drehe ich mich um. Aus dem Augenwinkel sehe ich eine Motte durch den Lichtkegel der Lampe schwirren. Ohne die Tür hinter mir zu schließen, trete ich zurück in den Flur und verlasse, so schnell ich kann, das Haus von Frau Diamant.

Junger Mann
vorm Konservenregal

Beim Einkaufen spaltet sich mein Wesen. Supermarkt-Ich, Supermarkt-Es, Supermarkt-Über-Ich. Das Es will sich vollstopfen. Alles andere ist ihm egal. Das Über-Ich will nach hohen ethischen Standards leben. Das Ich möchte Geld sparen und es mal wieder allen recht machen.

Man muss sich das so vorstellen: Ich betrete in mehr oder minder stabiler Verfassung einen Supermarkt. Das Es zieht mich zur Fleisch- und Käsetheke. Ein junger Mann mit Stirnglatze, laut Namensschild Herr Olzock, sieht mich aufmunternd an, das Es will bestellen, aber da schaltet sich das Über-Ich ein. »Das«, sagt es, »ist a) ethisch und ökonomisch bedenklich und b) alles andere als ausgewogene Diät. Erinnere dich an die Pyramide gesunder Ernährung. 40 % Getreide, Reis, Nudeln, 30 % Obst und Gemüse …«

Ich kehre zurück zum Gemüse, um einen Alibikohlrabi in meinen Korb zu legen. Gegen Kohlrabi ist nichts zu sagen. Man legt sie in den Kühlschrank. Lecker und gesund. Nach ein paar Wochen holt man sie dann verschrumpelt wieder heraus und wirft sie weg. Nun ist der Kohlrabi aber aus. Ich wähle drei Chiquita-Bananen. Früher wäre mein Über-Ich damit klargekommen, aber jetzt höre ich es mit der klangvoll ernsten Stimme meiner Freundin sagen: »Muss ich dir wieder erzählen, unter welchen Bedingungen diese Bananen angebaut wurden? Oder reichen für heute die Wörter Pestizide, Ausbeutung und Sklaverei?«

Ich schüttle den Kopf und lege brav alles wieder dahin, wo ich es hergenommen habe. Ich versuche es mit zwei Demeteräpfeln und drei Bananen mit Bio-Siegel. Da aber bricht mein Ich das Schweigen: »Ich habe gelesen, dass man diesen Bio-Siegeln ja auch nicht immer trauen kann. Und diese anthroposophischen Äpfel kosten doch bloß so viel, weil die bei Vollmond gesät wurden, über einem vergrabenen Kuhhorn.«

Das Es triumphiert und grölt. Sogleich geht es zurück zur Wursttheke. Herr Olzock lächelt bereits etwas feindselig. Er will einem Kind eine Scheibe Bärchenwurst geben, aber die Mutter sagt: »Mein Kind isst nichts, was ein Gesicht hat. Geben Sie mir fünfhundert Gramm Hackfleisch gemischt.«

Ich will auch gerade Hackgemisch bestellen, da kontert mein Über-Ich auf niederträchtige Weise. Bilder aus einer Schlachthofdokumentation, vor vielen Jahren in mein Hirn gelangt, werden ausgerechnet jetzt aus dem Tümpel der Verdrängung in das klare Wasser meines Bewusstseins gespült: Zusammengekehrte Schlachtabfälle, umetikettiertes Fleisch vom Vorjahr, weit aufgerissene Kälberaugen, wie am Spieß brüllende und schon Wochen vorher alpträumende Schweine, völlig verrohte, von Klebern bedröhnte, illegal arbeitende Schlachtergesellen, die ihr Bolzenschussgerät bald hier, bald da zum Einsatz bringen, um nachher in Plastikstiefeln durch ein Blutbad zu waten, in dem die Qual der Tiere zur Schande der Menschen gerinnt.

»Wat is jetz?«, will der junge Mann auf der anderen Seite des Fleisches wissen.

»Ist das nicht Tierquälerei?«

»Wat? Dat die Hunde hier vorbeimüssen und keine Wurst kriegen?«

»Nein. Das Halten, Transportieren und Schlachten der Tiere.« Mein Über-Ich hat vollends die Kontrolle über mein Reden übernommen, eine Art Überüber-Ich wird sich bald wochenlang dafür schämen.

»Koof doch Neulandfleisch. Von glücklichen Tieren. Da!«

Der Leichenhändler ist versiert, aber nicht mit mir.

»Ach, und woher wissen Sie, dass diese Tiere ein gutes Leben hatten? Kannten Sie sie persönlich, haben Sie mit denen gesprochen?«

»Also, wennde mit Tieren quatschen willst, biste hier falsch. Wat hier liegt, spricht nicht.«

Ich mache kehrt und verstecke mich in einem Gang, in den mir die Blicke des Wurstbuben nicht folgen können. Da stehe ich nun und stütze mich gegen einige Seniorengerichte, während das Auge einer Kamera auf mir verweilt. Eine Packung Mikrowellen-Kassler »Nachkriegsschmaus« wackelt unter meiner zitternden Hand. Nicht weit von mir steht ein junger Mann mit gerunzelter Stirn vor dem Regal, in dem sich Eintöpfe türmen. Er ist ebenfalls ratlos. Sonnen Bassermann – ohne Konservierungsstoffe. Der Tausendfünfhundert-Milliliter-Hazienda-

Topf von Zamek. Suppenliebe – in angenehm bauchiger Form mit Omafoto.

Der junge Mann trägt ein kariertes Hemd und eine ordentliche Jeans. Ich stelle mir sein Zuhause vor: eine neunzig Zentimeter breite Matratze auf dem Boden, ein Pulp-Fiction-Poster an der Tür, einige Rock-CDs im schwarzen Metallständer. In der Küche der quadratische Ikea-Tisch »Ingo« unter schmieriger Birne im trichterförmigen Lampenschirm mit Fußballmotiv. Auf dem Tisch ein Dosenöffner, ein Suppenteller, ein Löffel. Alles ist vorbereitet. Jetzt aber soll es auch der richtige Eintopf sein. Er soll wenigstens ein bisschen so schmecken wie bei Mutti oder als ob eine Freundin für ihn gekocht hätte. Aber ob der Suppenliebe-Oma zu trauen ist?

Der junge Mann ist noch nicht am Ende seines Entscheidungsprozesses. Und ich überlege mit ihm. Soll er es mit dem »Feurigen Westerntopf« versuchen? Oder doch lieber mit dem »Hühnernudeltopf«, der als besonderes Schmankerl mit Muschelnudeln aufwartet? Und was hat es mit dem »Original Pichelsteiner« auf sich?

Dose um Dose lässt der junge Mann durch seine Hände gleiten und stellt sie wieder zurück ins Regal. Jetzt bückt er sich. Tief muss man sinken, um bis in jene Regalreihe hinabzugreifen, in denen nur der skrupellose Schnäppchenjäger wildert. Ganz unten auf dem letzten Brett lauert mit blauweißem Etikett die *Küchenfee*. Kulinarischer Black Metal, die Apokalypse in Dosen, das Endgericht. Die Abfälle der Chappi-Produktion und der Schönheitsoperationen des Landes, zusammengerührt in hausgroßen Zubern von schwitzenden Orks im Lande Mordor, wo die Schatten drohen.

Es schnürt mir die Brust zu. Beherzt trete ich vor den jungen Mann und spreche, die Hand auf seine Schulter gelegt: »Junger Freund, tu es nicht. Schwer wie Blei wird dieser gastronomische GAU in deinen Därmen lagern, dein Gemüt wird sich auf Stunden verfinstern, deine Blähungen werden dich deinen Mitmenschen entfremden, dein Aufstoßen dich an den fiesen Geschmack erinnern, mit dem du den Ruf deines Selbstwertgefühls überschmiert hast. Dabei sollten wir von eigener Hand säen und ernten und freies, gutes Wild jagen, unverpackt und ungespritzt. Schaffe mit mir eine Welt der gerechten Löhne, der regionalen Produkte, der sauberen Gewässer, eine Welt, in der Konservierungsstoffe nichts sind als Fabelwesen aus dunkleren Zeiten, eine Welt …«

In diesem Moment legt sich auch auf meine Schulter eine Hand. Schwer und nach Wurst riechend: »So, Freundchen. Erst willst du mit den Tieren quatschen, und jetzt laberst du die Kunden voll.«

»Das ist mein gutes Recht!«, sage ich. Der junge Mann lässt den Eintopf sinken und geht rückwärts davon, ohne mich und Herrn Olzock aus den Augen zu lassen.

»Pass mal auf«, sagt Herr Olzock und holt einen Eintopf aus dem Regal. Er hält sich die Dose ans Ohr, schließt die Augen und nickt ein paarmal versonnen. Dann reicht er mir die Linsensuppe mit Bauchspeck: »Hier, für dich, Wurstflüsterer. Deine Freunde wollen dir was sagen.«

»Soso«, sage ich und halte mir tatsächlich die

Büchse ans Ohr. Herr Olzock lässt mich stehen. Im Weggehen macht er ein paar komische Grunzgeräusche.

In der Männergruppe

Es geht das Gerücht, Männer seien freiheitsliebend, bindungsscheu und im tiefsten Kern asozial. Aber wir von der Männergruppe machen da ganz andere Erfahrungen: Wir sind so etwas von bindungswillig. Wechselt eine Frau drei nette Worte mit uns, verlieben wir uns, nach dem dritten Treffen wollen wir mit ihr zusammenziehen. Lädt uns eine Frau in ihr Bett ein, überlegen wir noch beim Vorspiel, welcher Nachname besser zu unserem Vornamen passen würde: ihrer oder der eigene. Was könnten in Deutschland die Hochzeitsglocken läuten, wie viele Kinder würden aus dem Geburtskanal in die Hände freudestrahlender Väter rutschen, wie viel kaum noch auszuhaltendes Familienglück würde sich in den Städten und auf dem Lande zu einer honigfarbenen Substanz verdichten, wäre da nicht ein Abgrund an Unwillen seitens der Frau: freiheitsliebend, bindungsscheu, im tiefsten Kern asozial.

Da mir in Berlin die Abende mit den Jungs vom Lande fehlen, besuche ich eine Männergruppe im Winsviertel im Prenzlauer Berg. Die meisten sehen aus wie Macho-Prolls, mit ihren Muskelshirts, Fünftagebärten, Tätowierungen und Spiegelsonnenbrillen, aber sie sind alle gute Jungs aus gutem Hause. Eines haben alle gemein: Sie wurden verlassen. Von asozialen Frauen. Manche vor einem Monat, andere vor Jahren. Das ist die Aufnahmebedingung.

Auch ich tue gleich an meinem ersten Abend so, als sei ich gerade verlassen worden. So kann ich das Szenario einmal im Beisein anderer Durchspielen. »*Du weißt ja, warum ich gehe!* Das waren ihre letzten Worte«, sage ich und imitiere ein Schlucken. »Aber ich weiß nicht, warum. Ich habe nicht den blassesten Schimmer.« Ich spüre die Empathie der Gruppe und gerate in Fahrt. »Ein Freund hat mir mal gesagt: *Wenn du denkst, alles ist in Ordnung, ist bei ihr schon längst nicht mehr alles in Ordnung. Wenn du denkst, da ist noch was zu retten, denkt sie schon: Da ist nichts mehr zu retten. Wenn du kapierst, dass die Beziehung zu Ende ist, hat sie schon einen neuen.* Und der Freund hatte recht.«

Die Blicke der Männer ruhen auf mir. Neugierig manche, stumpf und trüb andere. Ralf spannt seine Wangenmuskulatur an. Das lässt sein Gesicht sehr markant wirken. Vielleicht hat er vor dem Spiegel geübt. So etwas gibt Sicherheit. Andere brauchen dafür ein Kaugummi, eine Zigarette, einen Walkman, ein Goldkettchen, eine islamische Gebetskette oder diesen Dicke-Eier-Gang.

»Nun mache ich mir Gedanken«, sage ich selbstanklagend. »Nun, wo es zu spät ist. Ich muss verstehen, warum sie gegangen ist. Sie weiß, warum. Sie denkt, ich wüsste, warum. Aber ich weiß gar nichts. Die Frauen gehen weg und wissen, warum, und die Männer sitzen da und wissen nichts.« Schwungvoll bin ich ins Kategorische geraten. Manche nicken.

»Ich hätte mehr zuhören sollen«, sagt Ralf. »Aber ich habe erst viel zu spät verstanden, dass Zuhören etwas anderes ist, als den Mund zu halten. Meine Freundin …«

»Exfreundin«, unterbricht jemand aus der Gruppe.

»Meine Exfreundin hat mir vieles gar nicht anvertraut, weil sie gespürt hat: Ich schweige zwar, aber ich höre nicht zu. Ich denke ihre Sätze schon für sie weiter oder korrigiere sie. Aber Zuhören bedeutet völlige Offenheit.«

Ich nicke entschieden, während ich gleichzeitig überlege, wie ich diesen Gedanken einmal gut im Gespräch mit meiner Freundin platzieren kann.

Jemand anders meldet sich zu Wort: »Hallo, ich bin Sven, und ich bin seit zwei Jahren, vier Monaten und fünf Tagen ein verlassener Mann. Kurz bevor meine Freundin … sorry, meine Exfreundin auszog, wollte sie mit mir Zwiegespräche führen. Das ist so eine Methode von einem Therapeuten. Jeder Partner kann für einen bestimmten Zeitraum ungestört über sich und seine Gefühle sprechen, ohne unterbrochen zu werden. Ich habe damals nur darüber gelacht. *Wir unterhalten uns doch gut*, habe ich ihr gesagt. Jetzt wünsche ich mir wenigstens ein einziges Zwiegespräch mit ihr, aber … Ich weiß nicht mehr, was ich sagen wollte.«

»Meine hat beim Sex immer telefoniert. Vielleicht war das ein Warnzeichen«, ruft ein Bärtiger in den Raum, ohne sich vorher durch ein Handzeichen gemeldet zu haben. Niemand geht auf ihn ein.

»Hallo. Ich heiße Daniel«, meldet sich ein Mann

mit schlimmen Rötungen im Gesicht. »Ich bin ein verlassener Mann seit einer Woche.« Drückende Stille breitet sich im Raum aus. Ich glaube für einen Augenblick zu hören, wie die Fasern des Teppichs in einem nicht spürbaren Luftzug knistern.

»Vielleicht war sie noch nicht einmal meine Freundin. Für sie war ich wohl nur eine Bettgeschichte. Ich hab's mitgemacht, weil ich dachte – irgendwann verliebt sie sich vielleicht. Außerdem hätte ich sie sonst ganz verloren. Die Stressflecken habe ich, seitdem ich vor drei Tagen diesen Song gehört habe. Annett Louisan: *Das Spiel.*«

Mehrere stöhnen auf. Der Bärtige brüllt unaufgefordert in den Raum: »… dass du dich verliebst, weil du's mit mir tust, dass es dich so trifft, hab ich nicht gewusst.«

»Bitte«, sagt Daniel.

»Wie kriegen die das hin?«

»Darf ich dazu antworten?«, fragt Sven den für heute ernannten Gruppenleiter. Der Gruppenleiter nickt.

»Es ist dieses Multitasking-Ding. Irgendwas Genetisches. Stand in der *Men's Health.*«

»Stopp!«, ruft Daniel. »Ich hab 'ne Störung.«

Der Gruppenleiter nickt wieder.

»Also«, beginnt Daniel seine Ausführungen. »*Men's Health* ist ja nun keine Zeitschrift, der man trauen kann. Die wird von Frauen für Frauen gemacht. Vielleicht auch für Schwule. Das ist doch eine Wichsvorlage für die. Nebenbei amüsieren sie sich über orientierungslose Jüngelchen. Glaubt mir. So wie sich unsere Väter damals noch beim Gedanken an gynozentrische Differenz-Feministinnen auf die Schenkel geschlagen haben.«

»Unsere Väter sind ohnehin schuld«, sagt Sven sehr leise in einen Moment der Stille hinein.

»Du hattest einen Vater?«, fragt Daniel.

»Ja, ein Arschloch vor dem Herrn«, antwortet Sven, und Daniel nickt beruhigt.

Sven schüttelt langsam den Kopf. »Ich will ein besserer Vater sein als mein Vater, aber wie, ohne eine Frau, die Kinder mit mir will? Was sollen wir tun, wenn die sich alle so lange selbst verwirklichen wollen, bis die Gebärmutter streikt?«

»Ich bin Vater«, sagt plötzlich Robert, der Gruppenleiter, und macht sich unerlaubterweise ein Bier auf. »Das ist die wahre Hölle. Was du machst, machst du falsch, weil du's angeblich nicht im Blut hast, mit Kindern umzugehen. Da ist diese ganz spezielle, total magische Mutter-Kind-Bindung, weißt du? Und du bist der böse Wolf. Zumindest hat mich die Schwangerschaftsberaterin so angeguckt, dann die Hebamme, später meine Frau, die Frauen aus der Krabbelgruppe, jetzt meine Tochter. Na ja, ich sehe sie eh nur alle vier Wochen.« Betroffenes Schweigen.

»In Dänemark ist alles besser«, werfe ich ein, um dem Abend eine positive Wendung zu geben. »Da gibt es im Schwimmbad Wickeltische in der Männerumkleide.«

»Okay, aber das wird jetzt hier vielleicht ein bisschen zu sehr Diskussion«, ruft sich der Gruppenleiter selbst ins Gedächtnis. »Das kann ja nachher in der Kneipe weiter besprochen werden.«

Der Bärtige beachtet ihn gar nicht, sondern keift in

den Raum: »Ist doch alles Scheiße, was ihr labert. Die Frauen haben erkannt, wie sehr wir ihnen im Wege stehen, in der Schule, im Beruf, beim Einparken. Wir müssten uns ändern. Kluge Frauen wissen das.«

»Ich hasse kluge Frauen«, bricht es unvermittelt aus mir heraus. Ich ernte strafende, aber auch bewundernde Blicke. »Mit dummen komm ich aber auch nicht klar«, schiebe ich kleinlaut hinterher.

Und so endet mein erster Abend in der Männergruppe damit, dass wir alle zusammen das Verlassene-Männer-Lied singen. Aber dessen Text muss geheim bleiben. Schließlich ist die Männergruppe ein geschützter Raum, da will ich nichts Privates ausplaudern.

Der Metzger mit dem schiefen Grinsen

Gegen zwei Uhr in der Früh kehre ich zu meiner gerade bezogenen Wohnung in der Greifswalder heim, wo eine Traube Jugendlicher zwischen Magnet-Club und Spätshop herumsteht und vorgerührte Schnaps-Saft-Mixe trinkt. »Kiek mal«, flüstert eine junge Dame in einer Art Hui-Buh-Nachthemd, so, dass ich es hören muss, »der ist mal echt *bad taste*.« »Aber zu alt fürs Magnet«, sagt ihre Gesprächspartnerin, ohne zu flüstern. Ich lächele gütig. Ein Plakat vor dem Magnet-Club hat mich bereits informiert: Eine »Bad Taste Party« ist im Gange. Angezogen wird, was peinlich sein soll. Ich kann den Unterschied zu dem, was bei den Jugendlichen als angesagt gilt, nicht entdecken. Nur ein junger Mann sticht heraus: Er hat sich in Hosenträger geworfen und trägt ein T-Shirt mit dem Aufdruck »Schwabe«. Andere zeigen mit dem Finger auf ihn und rufen »Igitt«. »Isch kauf eisch allet weg, weisch«, versucht sich der selbstgekürte Narr in einem Dialekt, der bei Ostberlinern als besonders verhasst gilt. Dabei hampelt er vor einem Stromkasten herum, an dem ein Din-A4-Ausdruck hängt: »Schwaben in Prenzlauer Berg: spießig, überwachungswütig in der Nachbarschaft und keinen Sinn für Berliner Kultur. Was wollt ihr hier?«

Ich halte inne und denke über das Plakat nach: Was habe ich mir unter Berliner Kultur vorzustellen? Hugenottische Bouletten und Berliner Weiße mit Schuss statt schwäbischem Sushi und Badener Latte macchiato? Abbröckelnde Häuserfassaden statt renovierter Dachgeschosslofts? Ein-Euro-Shops statt Esoterik-Läden? Ich kann verstehen, dass Alteingesessene oder Leute, die früher in Mitte Häuser besetzt haben, mürrisch werden, wenn sie gezwungen sind, die Plünderung ihrer Heimat mit anzusehen. Was aber diese schwabenhassenden Jugendlichen reitet, die beim Fall der Mauer entweder winzige Windel-Würmer oder sämige Samen-Seppel gewesen sind, kann ich mir nur mit ihrer altersbedingten Verwirrung erklären.

In gedrückter Stimmung betrete ich den Innenhof und höre eine Mädchenstimme: »Achtung, da kommt einer!« Drei Jungs stehen auf dem Hof und pissen an die Scheiben der alten Brettler. Ich versuche mich an einem jugendgerechten Spruch: »So, jetzt aber mal die Wasserwerfer abschalten.« Im selben Moment frage ich mich, ob ich das wirklich gerade gesagt habe. Ich versuche es seriöser: »Das könnt ihr nicht machen. Ihr pisst der alten Frau einfach vors Fenster!«, stelle ich im ersten Satz falsch, im zweiten richtig fest.

»Was willst denn du, Yuppie?«, blökt das Mädchen. Es ist zum Irrewerden: Da spreche ich ein paar Sätze, wie mir scheint, völlig dialektfrei, und schon bin ich als Zugezogener entlarvt.

»Nicht jeder, der nicht nachts an Fensterscheiben pisst, ist ein Yuppie.« Wieso sage ich so etwas? Das versteht kein Mensch. Und was habe ich mich vor der blöden Göre zu rechtfertigen?

»Wegen Schwaben wie dir steigen hier die Preise!«, kommt es griffiger zurück. So sieht es aus: Ich bin fremd. Unerwünscht. Nur weil ich nicht mit drei Hunden und einer Plastiktüte voller Motzzeitungen durch die Gegend berlinere, nennt man mich Yuppie. Nur weil meine Wiege südlich der Elbe gestanden hat, schimpft man mich einen Schwaben.

»Yuppie?«, sage ich mit steigender Wut. »Ich zeig dir gleich mal meine Kontoauszüge.«

»Du zeigst hier gar nichts. Zieh Leine!«, ruft einer der Pisser. Vor meinem geistigen Auge erreiche ich den Maulhelden und seinen Nebenmann mit wenigen großen Schritten, packe beherzt die zersausten Gel-Schöpfe und schlage sie gegeneinander, bis die beiden Strullerbuben wie betrunkene Hummeln im Kreis torkeln und sich dabei gegenseitig anpinkeln. Außerhalb meiner Ohnmachtsphantasien passiert allerdings etwas anderes: Ein Vorhang wird zurückgezogen, ein doppelflügeliges Fenster öffnet sich nach innen, und die Silhouette der alten Brettler erscheint im schwachen Licht einer Nachttischlampe. Unglücklicherweise hat sie genau das Fenster aufgerissen, vor dem der dritte Harn-Halunke sein Wasser abschlägt. Kräftig ist sein Strahl, voll ungebändigter jugendlicher Frische. Ob er damit bis zur Brettler reicht, bezweifle ich zwar, aber die alte Frau schreit, fasst sich ans Herz und fällt in ihrer Stube zu Boden. »Scheiße!«, flüstert der mörderische Urineur.

»Rückzug.« Die Drei verschwinden zusammen mit dem fiesen Mädchen auf die Straße. Ich stürze unterdessen durch das Fenster zur alten Brettler, beflügelt von der Hoffnung, ihr mit irgendetwas beizustehen, was mir aus dem Erste-Hilfe-Kurs noch einfallen könnte. Da liegt sie vor mir auf fleckigem Teppich, in Filzpantoffeln und Nachthemd, die Hände ans Herz gepresst, das Gesicht zu einer Grimasse verzogen. Ich drücke rhythmisch ihren Brustkorb, atme Luft in ihren halbgeöffneten Mund, drücke dann wieder ihren Brustkorb. Es hilft nichts.

Nie wieder werde ich nun ihre Selbstgespräche hören, die sie mit großer Konsequenz geführt hat. Mit zwei verschiedenen Stimmen hat sie gesprochen. Mal mit der geborstenen Stimme einer alten Frau, die fünfzig Jahre lang mit ihrem Gatten filterlose Karo-Zigaretten um die Wette geraucht hat, und dann wiederum schlagartig mit einer noch tieferen, grunzenden Stimme. Davon abgesehen ist Frau Brettler unauffällig gewesen. Sie wohnte hinter ganztags zugezogenen Gardinen. Ihre Wohnungstür zieren kleine Katzen-, Hunde- und Pferdebilder, wie sie bisweilen Süßriegeln beiliegen. Im Treppenhaus grüßte sie. Manchmal kochte sie Kohl. Ihre Haare sind zur angefaulten Aubergine gefärbt und dünn wie an Land verdorrtes Seegras.

Ein Rumpeln reißt mich aus meinen traurigen Betrachtungen. Etwas klopft gegen den Fußboden ihres Schlafzimmers. Von unten.

Da der alten Brettler ohnehin nicht mehr zu helfen ist, gehe ich nachsehen und finde in einer Ecke des Raumes etwas, was einem selbst in Parterrewohnungen nicht alle naselang begegnet: eine Bodenklappe, die sich gerade von unten öffnet.

Die Geschichte der DDR ist ja noch lange nicht in allen Einzelheiten aufgearbeitet. So darf es niemanden wundern, wenn sich in einer Gründerzeit-Miets-kaserne in Prenzlauer Berg unterirdisch ein Keller-gewölbe findet, in dem es sich eine menschenähnliche Kreatur gemütlich gemacht hat – umgeben von einem Inventar, das noch näher zu beschreiben sein wird. Kurzum: Aus der Klappe kriecht eine Gestalt mit einer ehemals weißen Schürze und blutroten Gummistiefeln, krallt sich mit derben Pranken ans Fußende des brett-lerschen Bettes und grunzt. Aus verquollener, schief-mäuliger Visage mit dreieckig abstehenden Ohren glänzen mir unter einem Bürstenschnitt zwei kleine Augen entgegen, deren Ausdruck allerdings sofort ins Melancholische kippt, als sie die Tote entdecken.

»Das waren natürlich Jugendliche«, sage ich. Die Erscheinung wirft mir einen wissenden Blick zu, nickt und kauert dann eine Weile in regloser Trauer zu Füßen der Alten, während ich ein »Herzliches Bei-leid« murmele.

Da mich der Kellerbewohner an den Sohn unseres Dorfmetzgers erinnert, schließe ich ihn gleich ins Herz und verhalte mich so, wie ich mich gegenüber Trauernden in Wachtberg-Pech verhalten würde: Ich schlage ihm auf die rechte Schulter und reiche ihm einen Flachmann, den ich beim Ausgehen mitzufüh-ren pflege, um in den schwäbischen Wirtschaften des Viertels Geld zu sparen. Gierig leert das Etwas den Schnaps, grunzt noch einmal und streckt mir dann seine Pranke entgegen.

»Dietör!«, tönt es aus meines neuen Freundes Mund, der auf der einen Seite zu einem Grinsen nach oben gezogen, auf der anderen aber, wie mit dem Teppich-messer geritzt, Richtung Hals gekerbt ist.

»Komm!«, winkt mich Dieter in den Keller. »Möhr Schnops!«

Da ich Gastlichkeit grundsätzlich zu schätzen weiß, folge ich den schwer stampfenden Gummistiefeln über eine metallene Leiter in eine Kaverne, deren Geruch am ehesten als hanebüchene Unterwürze beschrieben werden kann. Im trüben Licht nackter und völlig verdreckter Glühbirnen erstreckt sich vor mir das verwinkelte Reich des Metzgers mit dem schiefen Grinsen. Mein fachkundiger Blick identifiziert eine gar nicht unmoderne Elektro-Großviehwinde, sechs feuerverzinkte Fesselringe in der unverputzten Mauer, eine Bodenwanne mit Untergestell, eine pneumatische Spreizvorrichtung der Firma Sailer, ein kleines Zerlegeband mit Einhängetisch, zwei Hockerkocher, einen Hundertzwanzig-Liter-Kochkessel, verschiedene Knochensägen, Enthäuter, Vielzweck-Cutter und Wurstzipfelabschneider sowie einen elektrohydraulischen Wurstfüller mit Zwölf-Liter-Brätbehälter und eine rote Plastikgießkanne. Auch an klobige Bolzenschussgeräte sowie einen Konfiskat- und Abfallkühler ist gedacht worden. Obendrein verleiht eine Ansammlung von Haustierschädeln und -häuten dem Kellergewölbe etwas Uriges. Vor allem ein Katzenknochen-Mobile und ein Stuhl ganz aus Hund verraten die Kunstfertigkeit meines Gastgebers.

Gutmütig grunzend holt er eine Flasche milden Goldbrand aus einem Kabinett und füllt damit zwei schmierige Gläser bis zum Rand. Wir prosten uns auf den Schrecken zu.

»Es müffelt ein bisschen«, sage ich, um ein Gespräch in Gang zu bringen. Dieter nickt und zeigt über seine Schulter zu einem schwarzen Durchgang in der Wand hinter sich. In diesem Moment glaube ich, von dort ein Winseln zu hören.

»Was ist denn da?«, frage ich. »Viecher?«

Dieter nickt, und sein schiefes Grinsen zeigt sich in ganzer Pracht.

»Darf ich mal schauen?«

Dieter grunzt. Ich werte das als Zustimmung. Die Wand mit dem Durchgang ist vollgeklebt mit Zetteln, die Aufschriften wie diese tragen: »Die kleine Lisa vermisst ihren Paule.« Dazu ein Foto von einem Mischlingshund.

Hinter dem Durchgang ist es so finster, dass ich das, was dahinterliegt, nur riechen und hören kann. Beide Sinneseindrücke sind nicht schön. Als ich ein Flüstern vernehme, frage ich mich, ob Dieter sprechende Haustiere beherbergt, werde aber eines Besseren belehrt, als der gastfreundliche Metzger mir von hinten mit einer Taschenlampe leuchtet. Der Lichtkegel fällt in einen schlauchförmigen Raum, links und rechts von Pritschen gesäumt, auf denen Gestalten unter Wolldecken kauern. An der hinteren Wand steht ein Blecheimer. Darüber hängen an Haken drei Arbeitskittel. Eine der Gestalten richtet sich auf, hält sich die Hand vors Gesicht und ruft etwas in einer mir unbekannten Sprache.

»Maul holten!«, bellt Dieter. Zu mir gewandt sagt er: »Orbeitstiere.«

Ich verstehe nicht, was sich hier abspielt, habe aber plötzlich den starken Wunsch, allein zu sein, in meinem eigenen Zimmer.

»Okay, Dieter, ich muss gehen. Danke für den Schnaps.«

Dieter klopft mir auf die Schulter.

Als ich schließlich die Wohnung der Brettler verlassen habe, atme ich ein paarmal tief durch. Wie schön ein Berliner Hinterhof bei Nacht sein kann.

Ein paar Tage später sehe ich Dieter am späten Abend auf der Greifswalder wieder. Er trägt ein weißes Papierhütchen und steht hinter einem kleinen, mit Rädern bestückten Imbissstand. An der Front des mobilen Büdchens klebt ein Zettel mit krakeliger Aufschrift: »Nur hier: Original Berliner Bouletten.« Auf dem Dach des Wagens weht ein Wimpel: »Kauft nicht bei Schwaben!« Ein paar Jugendliche, die mir irgendwie bekannt vorkommen, stehen ein paar Schritte weiter und kauen einige der preisgünstigen Hackklopse.

»Schmeckt's?«, frage ich.

»1 a«, sagt ein Junge und reckt den Daumen nach oben.

Eine Arche für Gemüse

»Ja, da sind wir auch schon am Ende unserer heiteren
und doch so informativen Stadtführung. Setzen Sie
sich doch bitte noch kurz auf die Stufen des Alten
Museums und schauen Sie auf das Grün der Museumsinsel. Ja, richtig. Da hinten stand vor kurzem
noch der Palast der Republik. Gut, dass dieses Symbol der Unterdrückung abgerissen wurde. Dafür wird
ja direkt daneben das schöne Schloss wieder aufge-
baut, Schmuckstück aus guter alter Zeit, als Ausbeutung noch etwas Ästhetisches hatte. Ah, da fällt mir
ein: Jetzt ist es Zeit für einen kleinen Unkostenbei-
trag. Sicher, die Führung heißt »free tour«, aber nicht,
weil sie gratis ist, sondern weil Sie ganz frei sind
zu entscheiden, ob Sie mir zehn oder zwanzig Euro
geben oder ob Sie großzügig genug für einen ange-
messenen Betrag sind. Ich gebe jetzt mal diese Tupperdose herum. Lassen Sie sich nicht von den Es-
sensresten irritieren. Heute Morgen ging alles etwas
schnell. Wie bitte? Ja, ich höre mich gerne selbst reden, sonst wäre dieser Job ja auch nicht zu ertragen.
Und vergessen Sie nicht: Münzen klappern so störend,
Scheine sind schön leise. Haha. Ich erzähle Ihnen derweil noch eine besonders spannende Geschichte. Sie
beschäftigt sich mit der Gründung Berlins und wird

selbst in renommierten Reiseführern gerne verschwiegen. Wie Sie ja wissen, gab es 2369 v. Chr. rund um den Berg Ararat eine sogenannte Sintflut. Noah konnte seine Frau, seine Söhne und deren Frauen auf einem Schiff retten. Pfiffig, wie er war, nahm er auch Tiere mit. Von den reinen Arten je sieben Paare, von den unreinen je ein Paar. Natürlich musste er auch ein paar Arten wie das Einhorn, die grüne Waronke und das fliegende Spaghettimonster zurücklassen. Aber ich schweife ab. Weniger bekannt ist, dass Noah natürlich auch allerlei Obst und Gemüse auf einem weiteren Schiff rettete. Was das mit Berlin zu tun hat? Sie gehören auch zur Generation ADHS, oder? Was man Ihnen nicht in zehn Sekunden erklären kann, kann man Ihnen gar nicht erklären. Ich kann ja zwischendurch die Beatbox machen oder »Sex« brüllen, damit Sie sich wieder konzentrieren können. Also, zurück zur Arche für Obst und Gemüse. Leider sind die entsprechenden Passagen auf dem ersten Konzil von Nicäa aus dem Kanon der biblischen Schriften ausgestoßen worden. Erst galten sie als apokryph, dann als apograph, schließlich wurden die meisten entsprechenden Handschriften im 16. Jahrhundert durch Thomas den Gurkenjäger verbrannt. Wundern Sie sich also nicht, wenn Sie das, was ich Ihnen jetzt erzähle, weder im masoretischen Text finden noch im samaritanischen Pentateuch, falls Sie ihn mal wieder zur Hand nehmen. Lediglich eine kleine gnostische Gruppe um den pneumatischen Propheten Manni Scher hat das vegetabile Wissen bewahrt und mündlich über die Jahrhunderte weitergegeben. Nämlich die Kunde, dass von jedem Obst und Gemüse ein geschlechtsreifes Paar auf das Schiff »Arche Zwo« geschafft wurde. Prächtige Kürbisse, herzhafte Rettiche, seidige Pflaumen und natürlich die Gurken. Diese wohlschmeckenden Bedecktsamer waren freundliche Gesellen und wurden von allen Gemüsen geschätzt. Nur eine Art gab es unter ihnen, Cucumis sativus – die gemeine Salatgurke –, die sich ganz ungebührlich aufführte. Von Grund auf aufmüpfig, neckten die Salatgurken Ain und Kabel anderes Gemüse an Bord, verspotteten das Obst und waren bald alles andere als gern gesehen, äh: wahrgenommen. He, Moment mal! Wieso gehen Sie denn jetzt? Jetzt, wo es gerade spannend wird? Lassen Sie doch wenigstens Ihre Frau da! Na ja, Touristen aus Süddeutschland – Geißel der Menschheit. Wo war ich? Ah ja. In einer stürmischen Nacht wurde das ruchlose Gurkenpaar von einem Kollektiv aus Radieschen, Zucchini und Mohrrüben in Fesseln geschlagen und in einem kleinen Fässchen mit Essigwasser ausgesetzt. Während Arche One und Arche Zwo am Berge Ararat strandeten und Noah dort einen Königreichssaal in hässlichem, aber intelligentem Design errichtete, konnte sich das Gurkenpaar dank günstiger Winde bis zum weizengesäumten Flusse Spreu, der heutigen Spree, durchschlagen. Ja, da schauen Sie, meine Damen und Herren. Und das ist noch nicht alles. »Wissen, das nicht nutzt, schadet.« Das oder so etwas Ähnliches soll Nietzsche oder ein anderer Mann mit Migräne schriftlich festgehalten haben. Ich habe es mir nicht genau gemerkt. Ich hielt es für unnütz. Jetzt aber fragt sich vermutlich der eine oder die andere von Ihnen, was meine Informationen für einen Wert haben. Informationen gibt es ja an jeder Straßenecke mehr als genug, aber die Bedeutung, was ist mit der Bedeutung? Nicht so hastig, liebe Touristinnen und Touristen. Nicht so hastig und schön die Tupperdose vollgemacht. Also: Ganz Berlin gründet auf einem Verbrechen. Acht Jahrhunderte bevor architektonische Verheerungen wie Potsdamer Platz und Hauptbahnhof in den Hirnen menschenhassender Bauherren Gestalt annahmen, bestand das Gebiet des heutigen Berlin aus nichts als Wald und Sumpf. Hier, genau hier, wo Sie jetzt sitzen, mitten auf der Museumsinsel, siedelte Kabel mit seiner Ain und zeugte im Essigfässchen etliche Nachkommen, die schließlich zum Stamm der Spreewälder anwuchsen. In wilden Initiationsritualen übergossen sich die jungen männlichen wie weiblichen Gurken in getrennten Fässern mit einem siedend heißen Essig-Kräuter-Sud und hielten sich danach für unbesiegbar und wohlschmeckend. Prof. Dr. Knut Ollenschläger schreibt in seinem Standardwerk »Die Gurken«, dass es sich bei den Spreewäldern um eine schriftlose Kultur mit zyklischem Zeitverständnis gehandelt habe. Bei Ausgrabungen in der Uckermark stieß Ollenschläger auf Fässer, die ihn zu dem Schluss kommen ließen, die Gurken seien in der sogenannten stabilen Seitenlage mit dem Gesicht zur untergehenden Sonne beerdigt worden. Sie wollen schon gehen. Moment, Sie hatten noch gar nicht die Dose? Wie, Sie wollen auch schon …? Na gut. Also, zurück zum Thema: Andere Wissenschaftler bemängeln, Ollenschläger spreche voreilig von einer Stabilen-Seitenlagen-Kultur, zumal er nicht im Geringsten darlege, wo er das Gesicht der Gurke lokalisiert wissen will. Unstrittig ist jedoch, dass vor ca. 750 Jahren ein slawischer Stamm die Spreewälder unterwarf, in Rudeln auf Flößen zusammentrieb, schließlich in Gläsern einmachte und in die Sklaverei verschickte. Heute führen die wenigen noch lebenden Gurken ein desillusioniertes Dasein in Reservaten nahe der Spree und werden Touristen von halbseidenen Stadtführern als Attraktion präsentiert. Es ist kein Wunder, dass die entfremdeten Nachfahren des spirituellen Naturvolks häufig in Kaufhäusern herumlungern oder in Kaschemmen bei Bier und Schnaps angetroffen werden. Was soll das heißen, wie lange ich das schon mache? Ob ich überhaupt Berliner bin? Na, was glauben Sie denn? Ich kenne die Stadt wie meine Westentasche. Halt, bleiben Sie doch! Momentchen, Freunde, wer hat mir dies Gürklein da reingelegt? Dies Gürklein und sonst nichts! Pack!«

Monikas Geschichte

»Die romantische Liebe ist ein Konstrukt.« Meine Gesprächspartnerin sieht mich entschlossen an. Sie ist klug, sie ist hübsch, sie ist erfolgreich und sie ist Schriftstellerin. »Dabei ist *romantische Liebe* nur ein Euphemismus für Egomanie zu zweit. Zwei Menschen machen sich gegenseitig zum Besitz des anderen. Eine ganz unnatürliche Exklusivität. Kaum ein Tier lebt monogam.«

»Wie steht es mit Pflanzen?«, frage ich, obwohl ich mir vorgenommen habe, bei diesem Rendezvous nicht albern zu werden. Gegenüber einer solchen Schriftstellerin, die ihr Geld mit Texten verdient, die wie Weblogeinträge ohne Anfang und Ende anmutig und sinnlos dahinperlen, ist jeder Sarkasmus seitens eines weniger erfolgreichen Kollegen verdächtig.

»Pflanzen verstreuen ihre Fruchtbarkeit in der Regel völlig wahllos«, sagt sie gelassen.

»Du bist also für die freie Liebe?«, frage ich, obwohl ich mir vorgenommen habe, bei diesem Rendezvous keine blöden Fragen zu stellen. Die junge Frau lächelt, als ob sie gleich meinen Kopf tätscheln will: »Erst einmal will ich die soziale Konstruktion der sogenannten Liebe sichtbar machen. Was sich daraus ergibt, ist bereits ein zweiter Schritt. Aber ich denke schon, dass Liebe ohne Besitzdenken eine Lösung für viele Ängste und Unpässlichkeiten unserer Kultur darstellt.«

»Also, wenn zwei Menschen sich sympathisch sind, sollten sie auch miteinander schlafen, egal, ob sie ...«

»Sympathisch?«, werde ich unterbrochen. »Wenn sie sich richtig geil finden. Aber weißt du: Sie tun es doch eh. Egal, welche Verbote das bürgerliche Gestell ausspricht. Nur schmerzt es viel mehr.«

Das bürgerliche Gestell. Ich bestelle per Handzeichen noch zwei Bier. Und einen KiBa für sie. Ich habe Sophie vor zwei Wochen bei der Abschlusslesung eines Literaturpreises kennengelernt. Obwohl ich es mir erst nicht eingestehen wollte, habe ich mich in sie verguckt und fühle mich in einer verzwickten Lage. Zwar gibt es zwischen meiner Freundin und mir keine ausgesprochenen Verbote, mit Dritten zu flirten, zu knutschen und Bett oder Küchentisch zu teilen, aber mir schwant, dass im Herzen meiner Freundin ein freundliches, aber scheues Vögelchen zwitschert, dem durch Unachtsamkeiten meinerseits das Zwitschern dauerhaft vergehen kann. Von meinem Vogel ganz zu schweigen. Auf der anderen Seite lautet einer meiner bei William Blake entlehnten Glaubenssätze: Besser ein Kind in der Wiege morden als Wünsche hegen und nicht danach handeln. In meiner Lage muss also das Hegen sofort reuelos eingestellt oder aber gehandelt werden. Da mir jedes Begehren würdig und recht ist, wenn es nicht zum Gott versüchtelt oder zum Dämon verheuchelt wird, habe ich mich mit Sophie im »Walden« in der Choriner Straße verabredet, um zu sehen, welcher

127

Seelenteil in dieser Angelegenheit das Zepter schwingt.

»Aber ist Geilheit nicht auch ein Konstrukt?«, frage ich.

Sie kehrt ihren Blick nach innen. Im Kerzenlicht sieht das sehr gut aus.

»Wie meinst du das?«, fragt sie nach einer Pause. Zum ersten Mal an diesem Abend habe ich das Gefühl, dass sie mich als Gesprächspartner ernst nimmt.

»Na ja. Es geht ja nicht nur um zwei Pheromonklöpse, die magnetisch voneinander angezogen werden.«

»Nicht?« Sophie sieht mir tief in die Augen. Ihre Pupillen schwimmen dunkel, groß und feucht in ihren grünen Regenbogenhäuten.

»Nein. Das hat doch auch mit kulturell überlieferten Ideen zu tun. Der angebliche Reiz des Neuen, die patriarchalische Idee der Eroberung und Unterwerfung, das Mehrwerden im Sinne Cornettos …«

»Canettis.«

»Eben.«

»Das klingt verkopft.«

»Die romantische Liebe als Konstrukt zu entlarven aber auch.«

»Aber es stimmt.«

»Es ist trotzdem verkopft. Wenn wir nicht so verkopft wären, dann würden wir hier nicht mehr sitzen, sondern hätten längst …« Ich stocke.

»Was?«, fragt Sophie, ohne durch ihren Tonfall zu verraten, was sie von meinem Vorstoß hält.

»Also, was ich sagen wollte …« Ich verliere kurz

den Faden. »Was ich sagen wollte, ist, dass wir Menschen eben konstruieren müssen, sogar beim Sex.«

»Klingt spannend.« Sophie hält sich halbherzig eine Hand vor den gähnenden Mund.

»Menschen sind bloß Tiere«, sagt sie dann.

»Seit ich die Tiere kenne, liebe ich die Pflanzen«, plappere ich etwas nach, was ich irgendwo einmal gelesen habe.

Sophie verzieht den Mund. Irgendwie wirkt ihr Kiefer dabei unförmig.

»Ich bin diese bildungsbürgerlichen Männer leid«, sagt sie plötzlich.

Eine Weile sitzen wir da und schweigen. Mein zweites Bier ist noch fast voll. Ihr KiBa steht leer und ein wenig trostlos als verklebtes Glas auf dem Tisch.

»Was würdest du tun«, sagt Sophie in einem veränderten, sehr beiläufigen Tonfall, »wenn du wüsstest, dass du morgen sterben musst?«

Mittlerweile schießt auch sie mit Kanonen auf Spatzen.

»Ich war schon einmal klinisch tot«, höre ich mich sagen.

»Tatsächlich?«

»Ja, das war vor sieben Monaten auf einer Hausbesetzer-Party in der Scharnweber.«

»Wo du so hingehst. Ganz schön wild, was?«

»Ich bin mir alt vorgekommen und habe deshalb den Kronkorken einer Bierflasche mit den Zähnen aufgebissen. Dabei ist mir ein Stück vom Zahn abgebrochen und zusammen mit dem Kronkorken in meine Luftröhre geflutscht.«

Sophie wirft einen Blick auf ihre Uhr. Ein Tier mit einer kleinen, damenhaften Armbanduhr.

»Erst als ich tränenüberströmt und kurz vor dem Ersticken auf dem Boden gelegen und mir die Hände an den Hals gepresst habe, kam einer von den Punks auf die Idee, dass ich nicht bloß irgendeinen Drogentanz aufführte.«

»Du willst mir erzählen, dass dich beinahe ein Kronkorken getötet hätte?«

»Ja. Bush wurde ja auch einmal von einer Brezel attackiert.«

Sophie lacht nicht.

»Und dann?«, fragt sie.

»Dann, ja dann bin ich in einem Moment, wo ich gedacht habe, es sei nicht mehr auszuhalten, plötzlich ganz ruhig geworden. Statt der Musik habe ich nur noch ein leises Summen gehört und mich auch tatsächlich von oben gesehen. Ein bleicher Körper unter mir. Daneben ein Junge mit rotgefärbtem Irokesenschnitt, der ihn hochhebt und ihm auf den Rücken schlägt. Nachher im Krankenhaus habe ich überlegt, woran ich in den Sekunden meines Todes gedacht habe.«

»Und?«, fragt sie. »Was hat dich in diesem Augenblick beschäftigt? Hast du dein Leben an dir vorbeiziehen sehen?«

»Nein. Und es gab auch keinen Tunnel und keinen Jesus mit den Augen meines Vaters. Mir ist noch nicht einmal eingefallen, wie ich die Janine Billroth im Rolls-Royce ihres Vaters geküsst habe oder dass ich Lars Neugebauer in der siebten Klasse einen Zirkel in den Rücken gestoßen habe, weil ich gewettet hatte, dass der stecken bleibt«, sage ich, obwohl ich mir vorgenommen habe, wenigstens bei diesem Rendezvous einmal nicht die Rolls-Royce-Story und die Zirkel-Anekdote zu erzählen.

»Das ist ja widerlich – im Rolls-Royce. Aber hast du an überhaupt irgendwas gedacht?«

»Ans Jessner-Eck.«

»Das ist keine Kneipe, oder?«

»Doch. Ich war gerade nach Friedrichshain gezogen und kannte dort niemanden, und da bin ich manchmal ins Jessner-Eck. Der Hatschi wollte mit mir um Geld würfeln, der Paul wollte mir auf die Fresse hauen, weil ich angeblich seine »Mausi« angeguckt habe, und die Monika hat mir sturzbetrunken am Ärmel gehangen und versucht, aus mir einen Freier und aus sich eine Nutte zu machen. Die Wirtin hat dann immer gesagt, Monika, lass den jungen Mann in Ruhe, und ich habe gesagt, das ist schon in Ordnung. Die Monika sieht wirklich sehr heruntergekommen aus. Der haben sie jede Anmut aus dem Körper herausgebumst. Aber sie kann spannende Geschichten erzählen, wenn sie noch nicht zu besoffen ist. Und das ist das Letzte gewesen, woran ich gedacht habe, bevor ich für einen Moment klinisch tot gewesen bin: eine Geschichte, die mir Monika im Jessner-Eck erzählt hat.«

Ich mache eine Pause, um die Spannung zu erhöhen. Sophie sieht mich mit einem altägyptischen Gesichtsausdruck an.

»Also gut«, sage ich. »Ich erzähle dir Monikas Geschichte. Darin geht es nämlich um die Liebe. Die wahre Liebe. Also, da war eine Schulfreundin von

Monika. Das muss eine sehr charismatische und intelligente Frau aus einer wohlhabenden Familie gewesen sein. Schwer zu glauben, dass Monika mal so eine Freundin gehabt haben soll, aber wer weiß, wie sie früher war und was seitdem passiert ist. Diese Freundin also verliebt sich als Teenager, was ja nichts Herausragendes ist. Die Liebe wird erwidert, was in dem Alter schon ein bisschen herausragender ist. Und die Liebe zwischen dem jungen Mädchen und ihrem jungen Freund wächst und gedeiht. Sie öffnen und sie läutern sich, sie wachsen miteinander, und die Liebe macht die beiden zu schönen und guten und wahren Menschen. So schön und gut und wahr, dass es nicht jeder aushalten kann. Manche Paare an der Schule trennen sich, weil ihnen ihre eigene Beziehung vergleichsweise doof vorkommt. Da fragt man sich schon, was das ist mit der großen Liebe: Braucht man dazu Erfahrung, eine glückliche Kindheit, ein Schicksal, dass einem genau den richtigen Menschen vor die Nase stellt, einen guten Charakter, ein paar Gehirnzellen mehr, ein paar Gehirnzellen weniger, den bedingungslosen Willen zum Konstruieren oder einfach nur zwei möglichst unterschiedliche Immunsysteme, die bei jeder Begegnung komplett den Neokortex ausknipsen?

Wie auch immer: Die beiden müssen nur ihre Hände halten oder sich umarmen oder aneinanderlehnen und es sieht jedes Mal aus wie eine Skulptur von Rodin. Und sie leben eine Zeit von nächtlich rauschenden Maisfeldern, Bäumen, in die das Licht manchmal so fällt, dass man weinen muss, von Gedichten, die die Welt größer machen, und Gesprächen, die bedeuten, dass so vieles möglich ist. Eine Zeitlang ist das einzige Unglück für die beiden, dass andere Menschen unglücklich sind. Vielleicht hat die nette junge Frau, Monikas Freundin oder Monika selbst – das ist im Lauf der Erzählung ein wenig verschwommen –, einen verborgenen Makel, einen Liebesdefekt. Vielleicht haftet dieser Makel aber auch an ihrem Freund oder an beiden, denn eines Nachts wacht sie neben ihm auf und bekommt keine Luft mehr. Sie betrachtet sein Gesicht, und es liegt wächsern auf dem Kissen wie bei einer hübsch hergerichteten Leiche. Sie bekommt eine Angst, die um so furchtbarer ist, je weniger sie weiß, wovor sie sich fürchtet. Sie weiß nur, dass sie dieses Gesicht, das sie jetzt sieht, nicht ertragen und nicht vergessen kann. Sie denkt, dass sie ihren Freund verlassen muss, die Stadt verlassen muss, irgendwo anders etwas anderes machen muss, sonst stirbt sie. Gleichzeitig wird ihr in diesem Moment bewusst, dass sie glücklich war und dass der junge Mann neben ihr die Liebe ihres Lebens ist. Sie weiß nicht, was sie tun soll. Sie horcht in sich hinein, um eine Antwort zu finden.«

»Wie hat sie sich entschieden?« Sophie beugt ihren Oberkörper in meine Richtung.

»Keine Ahnung.«

»Was soll das heißen?«

»Monika ist betrunken vom Stuhl gekippt. Danach konnte sie sich nicht mehr an das Ende der Geschichte erinnern.«

»Aber du bist doch bestimmt wieder ins Jessner-Eck gegangen und hast sie noch einmal gefragt.«

»Ja.«

»Und?«

»Nichts.«

»Das gibt es doch nicht.«

»Tja.«

»Und was wolltest du mir mit der Geschichte sagen? Du hattest doch argumentative Absichten. Es ging doch darum, dass allein die Liebe zählt.« Sophies Unterkiefer sieht wirklich seltsam aus.

Ich zucke mit den Schultern. »Ich wollte nur sagen: Es ist halt doof, wenn eine Geschichte kein Ende hat. Aber wenn sie eins hat, dann ist das oft irgendwie auch doof.«

Sophie sieht mich mit großen Augen an. Dann schüttelt sie ganz leicht den Kopf und sagt: »Du hast es versaut.«

Sophie und ich verabreden uns kein zweites Mal. Uns beiden ist die Lust vergangen. So hat zumindest diese Geschichte ein Ende.

Poe und die Tierkommunikatorin

Ich passe auf den Kater einer Freundin auf. Ihr Vater ist gestorben, jetzt ist sie bei ihrer Mutter in Bonn und ich habe das Vieh am Hals, weil ich nicht nein sagen konnte. Dabei weiß ich schon ohne Haustier nicht, wo mir der Kopf steht. Nichts ist so anstrengend, wie nichts zu tun. Da entsteht ein unglaublicher Druck.

Die Freundin hat den Kater nach ihrem Lieblingsschriftsteller Poe benannt. Ich nenne ihn einfach nur Arsch – hören tut er auf beides gleich wenig. Zwar ist er stubenrein, dafür zeigt er sich beim Futter äußerst wählerisch. Ich stelle ihm genau dieselben sauteuren, in Gelee zitternden Würfel hin wie seine Halterin, auf demselben Tellerchen – die Hälfte der Zeit lässt er das Essen liegen.

Die erste Woche sehe ich den Kater kaum. Eine Bekannte, die ihre Identität weitgehend daraus konstruiert, dass sie sich auf Katzen versteht, erklärt mir: »Der versteckt sich, der will von dir gesucht werden.« So sehe ich aus: Katz und Maus spielen mit einer Katze als Maus und mir als Katze.

Schließlich taucht Poe wieder auf. Er sieht aus, als ob er ein paar Tage auf der dunklen Seite der Existenz verbracht hätte. Zu allem Überfluss beginnt er nun damit, mehrmals täglich kleine Häufchen in die Wohnung zu speien. Da ich Poe nicht als Bulimie-Kater an meine Freundin zurückgeben will, frage ich wieder die selbsternannte Katzenexpertin um Rat. Sie sagt mit einer Verve, als habe sie monatelang darauf gewartet, genau das sagen zu dürfen: »Also, bei zwanzig kotzenden Katzen gibt es zwanzig unterschiedliche Motive. Am besten, du gehst zu einer Tierkommunikatorin. Ich kenne eine ganz Tolle. Die findet das raus.«

Was ich von unserem Dorf nicht kenne, weil dort im Laufe der Jahrhunderte alle Hexen verbrannt worden sind, existiert in Berlin ganz offiziell und legal. Eine Katzen-Hagazussa. So komme ich in die Praxis von Iljana Baumschläger. Im Wartezimmer sitzen ein Herr mit Föhnfrisur und Wellensittichkäfig, eine junge Frau mit einem Pudel, mehrere Leute mit Katzen und ein Herr im Anzug ganz ohne Tiere.

Als ich an die Reihe komme, werde ich in ein Büro gerufen, von dessen Wänden mich mehrere kunstvoll fotografierte Säugetiere anlinsen. Ein wenig beklommen schildere ich Iljana Baumschläger Poes Kotzkapriolen. Sie sieht durch mich hindurch und geht auf das, was ich sage, nicht im mindesten ein. Schön, denke ich, es hat ja niemand behauptet, dass die Stärke einer Tierkommunikatorin die Kommunikation mit Menschen ist.

Iljana ist Mitte dreißig, trägt wasserbüffelfarbene Gewänder, Holzschmuck und ihr langes Haar offen. Sie wirkt wie jemand, der sich nicht von jedem Gnu dumm von der Seite angrunzen lässt. Sie wirkt eher wie ein Gnu, dass dich dumm von der Seite angrunzt.

»Ich werde mich jetzt konzentrieren«, sagt sie plötzlich.

»Das ist schön«, sage ich. Eine Broschüre im Wartezimmer hat mich bereits darüber informiert, dass es sich bei Tierkommunikation nicht etwa um das Deuten tierischer Gestik und Mimik handelt, sondern schlicht und ergreifend um Telepathie.

Poe sitzt auf dem Boden und erinnert mich an eine bestimmte Fotografie von Winston Churchill. Iljana schließt die Augen. Poe tut tatsächlich dasselbe. Vielleicht ist zwischen den beiden bereits kommunikativ etwas im Gange.

Es dauert eine ganze Weile, bis Iljana mich anzischt: »Denken Sie nicht so laut. Sie denken unglaublich laut. Und furchtbar banales Zeug.«

»Entschuldigung. Vielleicht gehe ich besser zurück ins Wartezimmer.«

»Ja, das ist besser. Ich kann sonst meinen Kanal nicht justieren, so laut, wie Sie denken. Notieren Sie doch bitte unterdessen, was Sie über Katzen im Allgemeinen und über Poe im Besonderen denken, ja?«

Möglichst leise denkend, gehe ich zurück ins Wartezimmer, wo der Mann mit dem Wellensittichkäfig gerade eine rege Konversation mit seinem Piepmatz führt. Die beiden flöten sich zu, dass es eine Freude ist.

Von der Sprechstundenhilfe lasse ich mir Stift und Papier bringen und versuche mich trotz des Pfeifens an meinem ersten Katzen-Essay:

Die Katze

Hunde sind nicht besonders schlau. Ihr Gehirn gleicht in Größe und Form einer Dattel. Im Vergleich zu Katzen sind Hunde jedoch eine Welt an Intellekt und ein Universum an Emotion. Die Katze ist ein maßlos überschätztes Tier. Es ist ein Segen, dass Katzen keine Schuhe tragen, denn sie wären zu blöd, sie sich zu binden. Katzen verstehen nichts, Katzen lernen nichts, und wenn Katzen mal etwas machen, was ihre treudoofen Besitzer als »pfiffig« bezeichnen, hat es nichts mit dem zu tun, was diese treudoofen Besitzer ihren Katzen unterstellen. Nichts, was Katzen tun, hat mit ihren treudoofen Besitzern zu tun. Für ihre treudoofen Besitzer interessieren sich Katzen nicht im Geringsten. Das darf man Katzenliebhabern natürlich nicht sagen. Die bekommen dann Stressflecken im Gesicht und werden ausfallend.

Das Verhältnis von Katzen zu Menschen ist so wie das von Menschen zu Waschbecken. Rein funktional.

Auch die Dämonisierung von Katzen als Hexentiere überschätzt die Viecher. Man könne Katzen nicht trauen, heißt es. Heute noch Cat Stevens, morgen schon Yusuf Islam. Das ist Quatsch: Für jede Art von Intrige oder Konvertitentum fehlt einer Katze schlicht der Verstand.

Gut, Katzen kennen Emotionen. Man kann sie sogar an ihren Pupillen ablesen. Pupillen weit geöffnet: Abwehrhaltung. Pupillen stark verkleinert: aggressive Stimmung. Damit gleicht das emotionale Spektrum der Katze dem eines durchschnittlichen Nazi-Skins.

Es könnte der Eindruck entstehen, ich würde Kat-
zen nicht besonders mögen. Das stimmt aber nicht.
Poe zum Beispiel mag ich, so, wie ich einen Tag am
Meer mag. Aber niemand, der bei Trost ist, erwartet,
von einem Tag am Meer zurückgemocht zu werden.

Ich blicke gerade zufrieden auf meine Ausführungen, als mich Iljana wieder zu sich ins Büro bittet.

»Ihr Kater leidet«, eröffnet sie mir.

»Was hat er denn?«

»Das sollten Sie eigentlich selbst wissen.«

»Gebe ich ihm nicht genug Aufmerksamkeit? Spreche ich nicht genug mit ihm? Streichel ich ihn zu wenig?«

»All das«, sagt Iljana, »und noch mehr. Ihr Kater
übergibt sich, weil er intellektuell unterfordert ist.«

Ich sage nichts und versuche, so leise wie möglich
nicht zu denken. Nicht, dass die Tierkommunikatorin mitbekommt, dass ich in dem Bereich Komplexe
habe, zumindest, seit ich versuche, nichts zu tun.

»Sehen Sie: Jedes Tier ist ein Individuum.«

Ich nicke, damit Iljana mich nicht für bescheuert
hält.

»Die Lebensaufgabe und die spirituelle Entwick-
lung eines Tieres hängen nicht von der Spezies oder
Art ab, sondern von der inkarnierten Seele. Ich habe
mit Primaten gesprochen, die waren noch ganz am
Anfang ihres Weges, und bin einem Waldkäfer begegnet, der ein großer Lehrmeister war, eine wan-
delnde Enzyklopädie der Erdzeitalter.«

»Und wie steht's mit Poe?«

»Der ist ein Boddhisattva.«

Ich weiß nicht, was ein Boddhisattva ist, traue mich aber nicht zu fragen, weil ich nicht auch noch die Tierkommunikatorin intellektuell unterfordern will.

»Und nun?«, frage ich und versuche dabei ziemlich gewieft dreinzuschauen.

»Ihr Boddhisattva kotzt – wie deutlich müssen Zeichen eigentlich sein, bis Sie sie nicht mehr ignorieren?«

»Das heißt wohl – aleae iacta sunt?« versuche ich mit Schullatein den Boddhisattva wettzumachen.

»Zeigen Sie mir mal, was Sie notiert haben!«

Betreten blicke ich auf den Papierbogen in meiner Hand, dann falte ich ihn ungeschickt und stecke ihn in meine Hosentasche. »Oh, das ist etwas anderes, eine Einkaufsliste, ich bin nicht dazu gekommen, etwas über Katzen …«

»Eine Einkaufsliste? Als Fließtext?«

»Eine literarische Einkaufsliste, wenn Sie so wollen. Halb Liste, halb Kurzgeschichte. Konsumkritik.«

»Tun Sie nicht so schlau. Ihr Kater spricht Bände.«

»Mit mir nicht.«

»Sie leben unter einem Dach mit einem erleuchteten Wesen reinen Mitgefühls, und dieses Wesen leidet, weil es Ihre spirituellen Versäumnisse an Ihrer statt spürt. Sie müssten leiden, sind aber unfähig dazu. Sie denken, Tiere wären primitive Geschöpfe. Dem Menschen an Geist weit unterlegen. Sie essen sie sogar. Das rieche ich.«

Ich kann den Blick dieser Iljana nicht länger ertragen und blicke schuldbewusst zu Boden.

»Bei aller Liebe. Sie sollten den Kater jemandem geben, der evolutiv schon ein wenig weiter ist. Es hat ja keinen Sinn.« Mit diesen Worten erhebt sich Iljana, gibt mir halbherzig die Hand und verabschiedet Poe und mich.

Zu Hause setze ich mich in meinen Ohrensessel. Gut, genau genommen handelt es sich um einen Stuhl aus dem Entrümplungs-Shop, aber die Atmosphäre gleitet schon beim Hinsetzen sanft ins Ohrensesselhafte. Poe liegt auf meinem Schoß. »Intellektuell unterfordert«, sage ich leise vor mich hin, »davon muss doch niemand kotzen. Man kotzt, wenn man überfordert ist.«

Poe hebt den Kopf und sieht mich an. Täusche ich mich, oder hat er tatsächlich gerade genickt?

»Aber warum sollte ein Kater überfordert sein?«, spreche ich weiter mit mir selbst, nicht ganz uninteressiert an den Regungen des warmen Tieres auf meinen Beinen.

»Ein Stubenkater muss sich doch gegen nichts und niemand behaupten, muss kein Talent unter Beweis stellen, sich nicht mit Kollegen vergleichen, schlau und gewitzt sein, belesen, intellektuell, politisch informiert, stilistisch herausragend.« Meine Stimme ist lauter geworden und etwas zittrig. »Jahaha, ein Kater kann daliegen und sich kraulen lassen. Ein Kater hat keine Nummer beim Finanzamt, keine PUKs, TANs, PINS und Log-ins. Der reist auch nicht alle zwei Wochen mit überspannten Erwartungen nach Bonn und dreimal im Monat durch die Republik, um für Fahrtgeld und warmes Essen ein paar Kurzgeschichten vorzulesen. Nee, der liegt an der Heizung. Die Sau. Und immer schön Geleewürfel auf dem Teller. Nee, der ist nicht überfordert. Der doch nicht!«

In den nächsten Tagen nehme ich mir wenig vor. Selbst auf das elende Nichtstun verzichte ich. Ich schlafe, lese und spiele ein hirnerweichendes Computerspiel. Ab und an bereite ich mir ein schmackhaftes Fischgericht, sage mir selbst freundliche Dinge und führe süße Telefonate im Mondenschein. Poe stellt das Kotzen ein, so plötzlich, wie er damit angefangen hat. Verstehe einer die Tiere.

Der Fluch der Hammelhexe

Hinter dem Tresen der Imbiss-Stube steht eine etwa vierzigjährige Frau mit schwarzem Kopftuch und kajalumrandeten Augen, die mir ohne Umschweife das Tagesgericht empfiehlt: Hammel mit Reis und Bohnen. Von der Entschlossenheit der Frau eingeschüchtert, verzichte ich auf die gefüllten Weinblätter, die ich eigentlich ins Auge gefasst habe, und gebe dem Hammel den Vorzug. Kurz darauf ärgere ich mich heftig über meinen Wankelmut: Der Reis ist kühl, die Bohnen pappig, der Hammel zäh. Wütend stelle ich nach wenigen Bissen den Teller auf den Tresen und sage: »Das esse ich nicht.«

»Gut«, sagt die Frau. »Macht sieben Euro.«

In diesem Moment lasse ich mich hinreißen. »Du verfluchte Hammelhexe.«

Die Augen der Frau beginnen boshaft in ihren pechschwarzen Rahmen zu leuchten. Sie murmelt, so leise, dass ich es gerade noch hören kann: »Verflucht seist *du*. Quaddeln, Flecken, Pocken, Kleckse – es grüßt dich schön die Hammelhexe.«

Ich drehe mich um und gehe. Nach wenigen Metern merke ich, dass ich am ganzen Leib zittere.

In der Nacht träume ich schwer. Ein dicker Junge mit kunstvoll umgebundenem Kopftuch bittet mich, ihn über die vierspurige Seestraße zu tragen. Kaum habe ich den kleinen Dickwanst geschultert, umklammern mich seine Beine wie Stahlzangen, schwarze Haare sprießen aus den bleichen Schenkeln, und ein meckerndes Lachen ertönt in meinem Genick. Durch heftigen Druck in meine Flanken gibt mir der Huckschreck die Sporen und ich galoppiere zwischen hupenden Autos die Seestraße hinunter. Inmitten dieses irrwitzigen Rittes wache ich mehrmals auf und schlafe wieder ein, wobei es mich immer stärker an den Stellen juckt, an die sich der Aufhocker klammert.

Am nächsten Morgen sehe ich die Bescherung: rote Quaddeln an meinen Hüften, auf meiner Brust und, wie mir ein Blick in den Spiegel offenbart, auf meinem gesamten Rücken. Kratze ich mich, scheint jede einzelne Hautrötung einen noch stärker juckenden Zwilling zu gebären. Ich werde so wütend auf die Imbissfrau, dass ich in meiner Küche mehrere Tassen zerschlage. Erst als die Scherben schon weit verstreut auf dem Boden liegen, wird mir klar, dass ich es der Hexe damit nicht wirklich gezeigt habe.

Ich informiere mich im Internet über Flüche und sehe mich bald einer Reihe unterschiedlicher Tipps ausgesetzt: Erzengelenergien, Bachblütentropfen, Sigillen-Magie, abwarten und Tee trinken. In einem Esoterikforum verkündet »Fenris«, dass es wichtig sei, den Fluch nicht zu fürchten. Dann hätte er auch keine Macht. Davon abgesehen soll ich ein Schutzamulett tragen, einen Bergkristall unter mein Kopfkissen legen und einmal die Woche mit einem Badezusatz aus Minzöl baden. Meine Freundin sagt am Telefon: »Du darfst halt nicht daran glauben.«

»Ich könnte die Alte töten«, rufe ich in den Hörer.

»Oder dich bei ihr entschuldigen.«

Der Vorschlag meiner Freundin erscheint mir absurd. Schließlich habe ich nicht angefangen. Andererseits ist der Quaddelfluch selbst bereits so absurd, dass ich zumindest einmal darüber nachdenken kann, der Hammelhexe mit einer Entschuldigung den Wind aus den Segeln zu nehmen.

Zwei Stunden später betrete ich mit klopfendem Herzen und juckendem Ausschlag die Imbiss-Stube in der Seestraße. Die Hexe schwatzt gerade einem Mann in Latzhosen den Hammel auf. Als sie ihr windiges Geschäft abgewickelt hat, stelle ich sie zur Rede: »Gute Frau. Erinnern Sie sich?«

»Woran?«

»An mich.«

Sie kneift ihre Augen zusammen und beäugt mich durch dünne Sehschlitze.

»Ja. Sie haben mich Hammelhexe genannt.«

»Richtig. Und Sie haben mir Kleckse angehext.«

»Nicht gehext. Ich habe einen Fluch gesprochen.«

»Gehext, geflucht, wie auch immer. Machen Sie das bitte wieder weg.«

Die Frau sieht mich nachdenklich an. »Das kann ich nicht.«

Ich versuche weiterhin freundlich zu lächeln, spüre aber eine Wut in mir aufsteigen, die als angestauter Schrei in meinem Brustkorb stecken bleibt.

»Was genau soll das heißen?«

»Flüche brechen habe ich noch nicht durchgenommen.«

»Das kann doch wohl nicht wahr sein!«

»Warten Sie bitte, bis ich Feierabend habe. Ich muss eh zum Hodscha. Vielleicht kann der helfen.«

Am frühen Abend kann ich meine Widersacherin endlich abholen. »Lale«, sagt sie und gibt mir fahrig die Hand.

»Anselm«, sage ich.

»Klingt türkisch.«

»Das ist ein germanischer Name. Helm der Asen. Die Asen sind nordische Kriegsgötter, die …«

»Jaja, schon gut. Wir müssen erst zu mir.«

Mir wird mulmig. Was hat die seltsame Frau vor? Soll ich im Kochtopf enden und als nächster Tageshammel verhökert werden? Oder gibt es vielleicht sexuelle Motive? Bei diesen Muslimen weiß man ja nie, nach außen so keusch, aber dann – ulalala. Da wir fast zwanzig Minuten unterwegs sind, habe ich Zeit, über solche Dinge nachzudenken und zwischendurch festzustellen, dass ich noch nie mit einer kopftuchtragenden türkischen Frau Seite an Seite durch die Stadt gegangen bin. Lale stellt ab und an eine Frage, aber mehr aus Höflichkeit. Sie wirkt müde und genervt.

Endlich schließt sie die Wohnungstür in einer Mietskaserne in der Badstraße auf. Lautstark schlägt mir türkischer Pop entgegen. Die beiden Sängerinnen des Songs singen mit wackligen, kieksenden Stimmen nicht ganz synchron und brechen plötzlich in schallendes Gelächter aus.

»Abbas, Yasemin«, ruft Lale. »Macht das sofort leiser. Wir haben Besuch.«

Mein Blick fällt in ein Wohnzimmer: eine Sitzgruppe mit Couchtisch, eine Schrankwand und ein großer Fernseher. Vor dem Fernseher hopsen zwei Heranwachsende mit Mikrofonen in der Hand herum. Ein schlankes, stark geschminktes Mädchen mit Kopftuch lacht mich an und guckt dann wieder auf den Fernsehschirm, wo psychedelische Muster wabern.

»Mama«, schreit das zweite Kind, ein dicker Klops, ebenfalls mit Kopftuch, den ich zuerst für ein Mädchen halte. »Mama – ich habe Yasemin dreimal hintereinander geschlagen.«

Lale wirft mir einen entschuldigenden Blick zu. »Singstar«, sagt sie und schließt kurz die Augen. »Seitdem ist hier täglich Grand Prix«.

Der Klops gibt mir die Hand. »Abbas«, sagt er und sieht mich aus großen schwarzen Augen unter seinem grünen Kopftuch an.

»Anselm«, sage ich und starre meinem nächtlichen Schreckgespenst ins Gesicht.

»Klingt türkisch«, sagt das Mädchen.

»Es ist ein altdeutscher Helmname«, belehrt die Mutter ihre Tochter.

»Komm, Abbas, mach dich fertig«, sagt sie dann. »Wir gehen zum Hodscha.«

»Warum?«

»Du weißt genau, warum.«

Zu mir gewandt, sagt Lale: »Er will das verflixte Kopftuch einfach nicht abnehmen. Der halbe Kiez lacht schon über ihn.«

»Nun ja«, sage ich.

»Wollen Sie noch einen Tee, bevor wir aufbrechen?«

»Nein. Wissen Sie, mein ganzer Rücken juckt.«

»Das tut mir leid«, sagt Lale.

»Ich hätte Sie nicht Hammelhexe nennen sollen. Entschuldigen Sie bitte.«

»Wieso darf Yasemin ein Kopftuch tragen und ich nicht?«, unterbricht der Kleine.

»Ich will es ja gar nicht tragen.« Yasemin stemmt die Hände in die Hüften.

»Fang nicht wieder an. Das ist halt so«, sagt die Mutter. »Dafür bekommst du einen Bart.«

»Yasemin hat mehr Bart als ich.« Abbas stampft wütend mit dem Fuß auf den Boden.

Yasemin schlägt ihrem Bruder mit dem Mikrofon auf den Oberarm und verschwindet in den Flur.

»Sie sehen ja, was hier los ist. Und alles, weil sich dieser kleine Dschinn in den Kopf gesetzt hat, rumzulaufen wie seine Schwester.«

Der Hodscha wohnt über einem deutsch-türkischen Freundschaftsverein e. V. Als wir seine Wohnung betreten, läuft im Hintergrund auf dem Bildschirm eines großen Flachbildfernsehers eine Folge von »Six Feet Under«.

»Herzlich willkommen«, sagt er und breitet die Arme aus. »Abbas, du trägst ja immer noch das Tuch.«

»Sie sehen es, Ehrwürden. Der Kleine treibt mich noch in den Wahnsinn.«

»Guten Tag, ich heiße Anselm«, sage ich. »Das ist kein türkischer Name.«

»Hodscha Hakki«, sagt Hodscha Hakki und gibt mir die Hand mit kräftigem Druck.

Schließlich sitzen wir bei stark gezuckertem Tee

zusammen und besprechen die Frage, ob das Verhalten des Buben mit dem Koran vereinbar ist.

»Es gibt keine Passage«, sagt der Hodscha und streicht sich den Bart, »die Knaben das Tragen von Kopftüchern ausdrücklich verbietet. Auch aus den Hadithen kann ich nichts ersehen. Man könnte diese Kopfbedeckung sogar als Gebetskappe auslegen.«

»Um Allahs willen, Hakki! Bald läuft er noch in einer Burkha als dickes Nachtgespenst durchs Viertel. Das ist doch eine Schande!«

»Lass mich ausreden, Lale.«

»Genau«, ruft Abbas. »Außerdem schützt das Kopftuch gegen die Witterung, ist hygienisch und kleidsam.«

»Dennoch gibt es Gründe gegen das Kopftuch«, sagt der Hodscha und hebt mahnend den Zeigefinger.

»Siehst du?«, sagt Lale zu Abbas.

»Ich höre«, sagt der Kleine.

»Es ist so«, sagt der Hodscha. »Ich habe den entscheidenden Vers noch einmal genau betrachtet.«

»Sure 24, Vers 31«, sagt Lale wie aus der Pistole geschossen.

»Jaja«, sagt der Hodscha. »Wa-l-yadrib-na bi-khumuri-hinna 'alâ djuyûbi-hinna.«

»Was heißt das?«, frage ich Lale flüsternd.

»Sehe ich aus, als ob ich arabisch könnte?«, gibt sie halb beleidigt zurück.

»Es heißt«, unterbricht der Hodscha, »sie sollen ihre chumur über ihre Taschen schlagen.«

»Das gilt für Frauen«, lässt mich Lale wissen.

»Zumindest für die des Propheten«, sagt der Hodscha.

»Aber was ist ein chumur?«, frage ich interessiert. Mittlerweile habe ich das Jucken meiner Quaddeln ganz vergessen.

»Das ist ja der Witz«, sagt der Hodscha. »Es sind Gürtel.«

Wir sitzen wie versteinert da. Gürtel – nicht Kopftücher. Abbas reagiert als Erster. »Was?«, ruft er aus und reißt sich das Kopftuch herunter. »Ich habe all die Wochen wegen eines Übersetzungsfehlers dieses Ding getragen? Im Hochsommer?«

»Inschallah«, sagt der Hodscha.

»Gürtel um Taschen binden?«, frage ich in die sich plötzlich ausbreitende Stille.

Es bleibt still.

Irgendwann hebe ich die Hand wie im Schulunterricht. »Darf ich noch etwas fragen?«

»Bitte!«

»Ich leide an einem Quaddelfluch und …«

»Ein Fluch?«, fragt der Hodscha mit hochgezogener Augenbraue. »Da habe ich ein unfehlbares Mittel. Lege für eine Woche einen Bergkristall unter dein Kopfkissen und nimm ein Bad mit einem Spritzer Minzöl.«

In der Nacht erscheint mir wieder der dicke Junge im Traum, diesmal ohne Kopftuch, aber straff gegürtet. Mit ernster Miene fragt er mich, ob ich jetzt endlich den Hammel bestelle. Ich schüttele den Kopf und sage ihm, dass ich Weinblätter will und nie etwas anderes gewollt hätte. Er nickt, tunkt seinen Finger in ein Tiegelchen mit Salbe und bestreicht damit meine Quaddeln. Dabei singt er leise auf Türkisch vor sich hin.

Am nächsten Tag ist der Hautausschlag verschwunden.

Weltanschaulich neutral

Ein schrilles Geräusch reißt mich aus dem Schlaf: meine Türklingel. Ich fühle mich bleischwer. So, als ob ich im Schlaf kurz einer Meduse ins Auge geblickt hätte. Was für eine beschissene Nacht! Erst wirft gegen 5.00 Uhr früh irgendein verhaltensgestörter Hausbewohner Silvesterböller in den Innenhof, dann höre ich durch die dünnen Wände das brabbelnde Fernsehen, ohne dessen Beschallung die junge Frau über mir offenbar nicht schlafen kann, schließlich beginnen in den Morgenstunden diese unglaublichen Vögel Krach zu schlagen. Ich habe nirgendwo auf der Welt so aggressiv tschilpende Hinterhof-Piepmätze gehört wie hier in Berlin. Und jetzt klingelt jemand. In meinem Heimatdorf wäre es mit großer Wahrscheinlichkeit ein Freund, der mal vorbeischneit. In Berlin klingelt nie unangemeldet ein Freund. In Berlin will mir ständig irgendjemand irgendetwas aufschwatzen. Es ist an der Zeit, den Spieß einmal umzudrehen.

»Guten Tag«, höre ich eine Frauenstimme aus der Gegensprechanlage. »Wir sind von der Giordano-Bruno-Stiftung. Könnten wir Sie kurz sprechen?«

»Aber natürlich!«

»Wir wollen Ihnen nichts verkaufen, und wir sind keine Religion.«

»Immer hereinspaziert!«

Kurz darauf stehen ein Mann um die dreißig und eine Frau Mitte zwanzig in meiner Einraumwohnung. Beide sind ansprechend gekleidet und machen einen gekonnt lässigen Eindruck. Zeugen Jehovas können das nicht sein.

»Hi«, sagt der Mann.

»Guten Tag«, sage ich.

»Alles klar?«, fragt die Frau.

»Kaffee?«

Wir sitzen an meinem kleinen Küchentisch. Der Kaffee läuft durch den Filter. Die beiden sagen nichts und lächeln nett.

»Was für eine Stiftung noch mal?«, möchte ich wissen.

»Giordano Bruno. Das war ein Naturphilosoph. Er wurde als Ketzer verbrannt«, sagt der Mann.

»Hui«, sage ich.

»Ja«, sagt der Mann. »Heute brennen zwar keine Scheiterhaufen mehr, aber …«

Ich seufze und schaue beim Kaffee nach dem Rechten.

»Eben«, sagt die Frau. »Die Katholiken und Protestanten haben ihre Feiertage, aber was ist mit den Konfessionslosen?«

»Konfessionsfreien«, berichtigt sie der Mann.

»Die haben dann auch frei«, sage ich, ohne nachzudenken.

»Schon, aber findest du das nicht albern: Fronleichnam, Christi Himmelfahrt? Wir leben im 21. Jahrhundert.«

»Doch, ganz schön albern.«

Etwas unkonzentriert stelle ich den beiden gefüllte Becher hin.

»Eben!« Die Frau blüht auf: »Kreationisten dürfen ihren Unsinn verbreiten, Islamisten machen das Land unsicher, aber wo ist die Stimme der Humanisten? Der Freigeister? Du bist doch bestimmt auch für Ethik-Unterricht! Also was weltanschaulich Neutrales.«

Ich kratze an meinem Kinn. Jetzt scheint mir langsam die Zeit gekommen, den beiden Vormittagsklinglern heimzuleuchten.

»Ethik? Das klingt ja widerlich.«

»Entschuldigung«, sagt der Mann und sieht mich ernst an. »Wir wollen niemanden bekehren. Wir stellen nur Fragen. Gehörst du einer Glaubensgemeinschaft an?«

Ich wiege den Kopf hin und her. Dann sage ich das, was ich auch bei den Zeugen Jehovas gesagt hätte: »Ich bin Satanist.«

Die beiden sehen sich an. Die Frau nimmt einen großen Schluck von ihrem Kaffee.

»Dann bist Du bestimmt auch gegen die Kirchen, nicht wahr?« Der Mann lächelt mir aufmunternd zu.

»Nein. Altäre, Kreuze, Madonnen, Messdiener – der ganze Klimbim macht mich wahnsinnig geil!«

Die Augen der Frau funkeln. »Dir ist schon bewusst, dass die Kirche unzählige Hexen verbrannt hat, oder?«

»Ich darf gar nicht dran denken. Gellende Schreie aus gleißenden Flammen.«

»Schrecklich, oder?«, sagt die Frau.

»Schrecklich geil.«

»Moment«, schaltet sich der Mann ein. »Jetzt mal Spaß beiseite. Wir sind hier im Namen der Aufklärung.«

»Ah«, ich stöhne. »Die Französische Revolution. Diese Guillotine. Immer sittata, sittata. Wundervoll. Und die Kulturrevolution erst. Moah!«

»Bei der Französischen Revolution ging es immerhin um eine gute Sache.« Die Frau schaut wie eine ernsthafte junge Dame.

»Ah, die gute Sache! Jetzt sind wir im Geschäft.« Ich lächele freundlich. »Wo soll ich unterschreiben?«

Der Mann setzt sich etwas aufrechter hin und zieht eine Broschüre aus seinem Jackett. »Zehn Angebote« steht darauf.

»Vielleicht willst du dir das einmal ansehen?«

Ich überfliege das Faltblatt. Es stehen sehr vernünftige Dinge darin. »Das erregt mich nicht.«

Der Mann lächelt etwas gequält.

»Tja«, sagt die Frau schnippisch. »Es gibt auch noch etwas anderes als Sex. Vernunft zum Beispiel. Wir wissen lieber, als zu glauben.«

»Wir?«, frage ich.

»Na, wir evolutionäre Humanisten. Wir glauben nur, was wir sehen.«

»Das ist lustig«, sage ich.

»Du findest wohl alles lustig«, sagt die ernsthafte junge Frau.

»Wir stammen nicht von Gott, sondern vom Affen ab«, knüpft der Mann gekonnt an unseren Dialog an.

»Das klingt so, als ginge es um einen bestimmten Affen.«

»Er meint alle Affen«, sagt die Frau gereizt.

»Freundliche, geile Bonobos«, sage ich.

»Zum Beispiel.« Der Mann lächelt mich an. Er schaut ein bisschen karpfig. Ich glaube, er würde mich in Kauf nehmen, um die ernsthafte junge Dame rumzukriegen.

»Wir sollten uns fragen: What would Bonobos do?«, komme ich in Fahrt. »Also, hätte jemand Lust?« Mein Blick wandert zwischen den beiden hin und her. »Ich noch nicht, aber bei mir kommt der Appetit meist beim Essen.«

Der Mann schaut die Frau fragend an. Sie schließt ihre Augen.

»Ich habe Massageöle, Duftkerzen und Entspannungsmusik«, sage ich freundlich.

»Daran zweifle ich nicht«, sagt die junge Frau unfreundlich.

»Lea«, sagt der Mann. Es klingt flehend.

»Carpe diem«, zitiere ich einen Spruch aus dem Faltblatt. Für einen wundervollen Augenblick ist es sehr still in meiner Küche.

Irgendwann fragt die junge Frau in das Rauschen des Raumes: »Glaubst du an den freien Willen?« Es klingt zum ersten Mal wie eine echte, offene Frage ohne belehrende Absichten.

»Nein«, sage ich. »Ich habe einen kleinen Hausgeist, der mir alles einflüstert, und dann muss ich es tun. Ob ich will oder nicht. Wo steckt er eigentlich?« Ich schaue mich um. »Laplace!«, rufe ich. »Komm sofort her!«

»Ach, so ein Quatsch. Jetzt befiehlst du ja deinem Hausgeist!« Die Frau steht auf.

»Ja, aber auch das hat er mir befohlen. Allerdings

erst, nachdem ich ihm befohlen hatte, es mir zu befehlen, was wiederum er mir befohlen hat.«

»Der Hausgeist?« Der Mann lächelt souverän. »Das
würde dann ja ein Vierer!«

»Es reicht!«, sagt die Frau. »Wir gehen.«

»Also ich bleib noch«, sagt der Mann.

Ich werfe ihm einen langen Blick zu und versuche,
nicht zu lachen. Er zupft sich am Kragen.

»Warte!«, ruft er, als die Frau schon an der Tür ist.
»Warte, Lea. Ich komme doch mit.«

Bis zum Bonobo ist es für ihn vermutlich noch ein
weiter Weg, aber gerade in religiösen Dingen gilt:
Der Wegweiser geht den Weg selbst nicht.

Die Lebern der Anderen

»Und das ist jetzt spannend hier?«, fragt meine Freundin im Restaurant Borchardt. »Typisch Berlin und ein echter Geheimtipp?«

»Na ja«, sage ich und versuche mein Weißbrot mit Salz zu bestreuen, wobei ein Salzkorn etwa die Größe einer Olive hat. »Mittags speist man hier gut und günstig und kann ein paar bekannte Gesichter sehen«, rezitiere ich einen Gastrotipp.

Meine Freundin lässt ihren Blick mit einer Offensichtlichkeit durch die Reihen der Sitzenden schweifen, dass ich von Scham gepackt mein Gesicht hinter der Speisekarte verstecke. »Also ich kenne keinen«, sagt sie schließlich, nachdem sie jeden Tisch unter die Lupe genommen hat.

»Direkt da«, flüstere ich. »Hinter dir. Ben Becker.«

»Wo?«, fragt meine Freundin, ohne ihre Stimme zu senken. Sie dreht sich um, sieht mich an und fragt: »Wer?«

»Ben Becker«, zische ich.

»Kenne ich nicht.«

»Der hat doch die Bibel vertont.«

»Ach?« Meine Freundin schüttelt den Kopf und lacht. »So ein Blödsinn«, sagt sie, laut genug, dass es vermutlich auch Ben Becker hört.

»Nicht so laut«, sage ich. »Ben könnte uns hören.«

»Was nimmst du denn jetzt?«, lenkt meine Freundin das Gespräch in nüchternere Bahnen.

Schließlich liegt eine Blutwurst mit Kartoffelpüree vor mir. »Was hast du da eigentlich?« Ich deute mit meinem Messer auf den Teller meiner Freundin.

»Terrine de foie gras mit Gewürzbirnen und Brioche«, sagt sie stolz.

»Du weißt, was das ist?«

»Nö, aber es klingt gut. Nach einem leckeren Kräutersüppchen. Es sieht allerdings eher aus wie eine Scheibe Tofu.«

»Das ist Gänsestopfleber.«

»Ach?«

»Tja.«

»So ein Scheiß. Wer isst denn so etwas?«

»Du gleich.«

»Bestimmt nicht.«

Meine Freundin sieht missmutig auf den Teller und gerät ins Grundsätzliche: »Das müsste doch verboten sein, dieses Gestopfe.«

»Ist es in Deutschland auch, glaube ich.«

»Das Servieren aber offenbar nicht.«

»Das Essen auch nicht«, sage ich und schneide an meiner Blutwurst.

Meine Freundin starrt noch immer auf ihren Teller. »Und diese Scheibe kommt aus Frankreich?«

»Bestimmt. In Frankreich ist Stopfen Weltkulturerbe.«

»Tja«, sagt meine Freundin. »Da ham wir's wieder: Es sind halt die Lebern der Anderen.«

Ein Sonnenstrahl schlägt eine weißleuchtende

Schneise auf unser Tischtuch. Ein Kind lacht glockenhell. Für eine Sekunde riecht es nach Zimt.

»Warte mal«, sage ich. »Die Lebern der Anderen – ist das nicht ein poetischer Titel?«

Meine Freundin sieht mich mit unbewegter Miene an. »Soll das ein Witz sein?«

In diesem Moment tritt ein älterer Herr zu uns an den Tisch. Er trägt einen marineblauen Blazer mit goldenen Knöpfen und lässt sich einen silbrigen Schnauzbart stehen.

»Entschuldigen Sie bitte vielmals«, sagt er und deutet einen Diener an. »Ich kam gerade an Ihrem Tisch vorbei und habe zufällig einen Teil Ihrer Konversation aufgeschnappt. Und da ist es mir aufgefallen.«

Ich nicke dem Mann aufmunternd zu. Leute, denen etwas auffällt, wenn sie etwas von meiner Konversation aufschnappen, sind mir erst einmal sympathisch.

»Ich hoffe«, fährt der Mann fort, »es ist nicht unverfroren oder wie sagt man – brutal? –, dass ich Sie einfach so anspreche. Am besten, ich stelle mich selbst einmal vor: Ich bin Doktor Cesare Caligari, Vorstand der Robert-Musil-Gesellschaft. Ich hatte schon einmal die Ehre mit Ihnen … Sie erinnern sich?«

»Äh«, sage ich.

»Ach, ich will keine Umstände machen. Ich konnte ja auch gar nicht damit rechnen, dass Sie sich noch an mich erinnern, Herr Kehlmann. Es war noch vor der Vermessung der Welt, danach hat sich ja auch für Sie einiges geändert.«

Während ich noch mit leicht offenem Mund dasitze, hat sich meine Freundin schon ins Gespräch eingebracht: »Herr Doktor Caligari, es ist uns eine große Freude. Setzen Sie sich doch zu uns. Daniel ist gerade etwas durcheinander.«

»Ah, sehr erfreut. Sie sind doch …«, stammelt der Herr im Blazer.

»Das Anhängsel.«

»Hocherfreut. Ganz bezaubernd«, sagt Dr. Caligari und zieht sich einen Stuhl heran. »Sie haben sich ja überhaupt nicht verändert, Herr Kehlmann. Was ist bloß das Geheimnis Ihrer ewigen Jugend?«

»Nun«, sage ich und stochere in meiner Blutwurst. »Da gibt es kein Geheimnis. Mein Zuhause ist eben die alterslose Welt des Geistes.«

»Großartig«, sagt der Doktor. »Großartig. Und ich habe gehört, dass Sie bereits wieder an einem neuen Romanprojekt arbeiten?«

»Die Lebern der Anderen«, sagt meine Freundin.

»Ach ja?« Doktor Caligari stutzt. »Ein fabelhafter Titel. Sehr beziehungsreich.«

»O ja«, sagt meine Freundin. »Und dabei so feinfühlig, subtil und unaufdringlich.«

»Ist gut, Schatz«, werfe ich ein und nehme einen Bissen Püree.

»Darf man denn fragen, worum es geht?«

»Gänse«, sagt meine Freundin.

»Stasi-Gänse«, ergänze ich.

»Unglaublich«, sagt der Doktor. »Das ist ja fabelhaft. Wieder ein großer historischer Stoff. Da wird der Tellkamp aber schauen.«

»Es ist Science-Fiction«, sage ich trocken.

»Herr Kehlmann, ich hoffe, ich falle Ihnen nicht auf den Geist, aber Sie sind ein Wunderkind.«

»Ach«, ich mache eine wegwerfende Handbewegung, während ein Stück Blutwurst in meinem Mund verschwindet, »in meinem Alter, da hatten andere, also da hatte …«

»Hegel schon einen Großteil seiner Phänomenologie des Geistes geschrieben«, kommt mir meine Freundin zu Hilfe.

»Ja«, sage ich, »und Kurt Cobain war noch nicht mal mehr lebendig.«

Der Blick des Doktors wandert zwischen meiner Freundin und mir hin und her.

»Fabelhaft«, sagt er. »Sagen Sie einmal, Herr Kehlmann, spielt Ihr Titel nicht auch ein wenig auf diesen Film *Das Leben der Anderen* an, oder sehe ich das falsch?«

»Das sehen Sie falsch«, sage ich. »Meine Referenz ist hier …« Ich blicke hilfesuchend zu meiner Freundin.

»*Das Blut der Anderen* von Simone de Beauvoir«, kommt es ohne Zögern. Für irgendetwas muss diese ganze Studiererei ja gut sein. »Daniel begeistert sich zunehmend für feministische Perspektiven.«

»Ach was? Das ist ja hochinteressant. Hochinteressant.« Doktor Caligari wischt sich über den Blazer. Dann räuspert er sich, nimmt eine noch verkrampftere Haltung ein und beugt sich verschwörerisch ein Stück in meine Richtung. »Ich weiß, Ihre Zeit ist knapp bemessen, aber ich möchte Sie, also Sie beide, dennoch herzlich einladen, heute Nachmittag zum Literarischen Kolloquium in Wannsee zu kommen. Ich halte dort einen kleinen Vortrag über Robert

Musil, vielleicht haben Sie die Güte, dort einmal vor-
beizuschauen. Vielleicht möchten Sie sogar selbst ein
paar Worte über Robert Musil verlieren?«

Ich kratze mich am Kinn.

»Das klingt doch hübsch«, sagt meine Freundin.
»Musil ist doch seit Monaten dein Thema.«

»Ach was?«, sagt der Doktor. Der weißhaarige Mann
wird immer aufgeregter. Dieser Kehlmann scheint
bei älteren Menschen ziemlich angesagt zu sein. Eine
Art Florian Silbereisen der Literatur. Vielleicht sollte
ich in naher Zukunft einmal etwas von ihm lesen.

Nun holt Doktor Caligari zu einem Monolog über
Musil aus. Mit glänzenden Augen reflektiert er über
die in Zeiten der Jugendgewalt hohe Aktualität der
»Verwirrungen des Zöglings Törless«, einem Werk, in
dem die Grenzerfahrung der Pubertät zum Prüfstein
der kulturellen Verfasstheit des Menschen werde, der
sich gleich Ikarus plötzlich zu einer das Individuum
stets bedrohenden wie fördernden Standortwahl
zwischen Gott und Tier herausgefordert sehe.

Ich döse friedlich vor mich hin, bis ich plötzlich an
der Satzmelodie erkenne, dass mir gerade eine Frage
gestellt wird.

»Ganz recht«, sage ich. »Ganz recht, mein lieber
Doktor Caligari.«

Der Doktor sieht mich verwirrt an. Ich beschließe,
die Flucht nach vorne anzutreten. Es wird Zeit für
deutliche oder zumindest klangvolle Worte: »Wer
Musil liest, liest den Aufruhr, liest den Widerstand
gegen die Repression, die ihr Hydrahaupt in jede Zeit
neu hineinreckt. Heute braucht man keine Peitschen
mehr, weil sich die Leute selbst zur Lohnsklaverei

prügeln, jede und jeder ist eine Firma, alle sind Konkurrenten oder potentielle Kunden. Selbst die rebellische Jugend bettelt um unbezahlte Praktika. Heute lässt man uns alles sagen, weil es so noch leichter ist, alles totzuschweigen, was leben will. Es gibt keine Käfige mehr, weil alles ein einziger, großer, widerwärtiger Käfig ist!«

Unbeabsichtigt habe ich meine Stimme erhoben. Am Nebentisch klatscht Ben Becker. Meine Freundin grinst wie das sagenumrankte Honigkuchenpferd. Doktor Caligari nickt stumm mit weit geöffneten Augen.

Vielleicht liegt es daran, dass mir Ben Becker applaudiert hat – zumindest spüre ich eine Welle der Zuneigung von den umliegenden Tischen zu mir herüberschwappen. Es hält mich nicht mehr auf meinem Sitz. Ich erhebe mich, schaue ernst in einzelne Gesichter und sage: »Literatur.« Dieses eine Wort halte ich für so gelungen, dass ich es gleich noch einmal wiederhole. »Literatur.« Dann fällt mir eine Weile nichts ein. Schließlich hebe ich einen Zeigefinger in die Höhe und sage: »Literatur muss sein wie ein gefrorenes Meer für die Axt in uns.«

Ben Becker prostet mir zu.

»Das war lustig«, sagt meine Freundin, nachdem wir das Restaurant unbeschädigt verlassen haben. »Es war doch gut, dass wir ins Borchardt gegangen sind.«

»Es war auch gut, dass du die Stopfleber bestellt hast. Sonst hätten wir nicht über den Buchtitel geredet. Das hat den Doktor angelockt.«

»Was war noch mal der Titel?«

»Die Lebern der Anderen.«

»Boh, ist das platt. Versprich mir, dass du noch nicht einmal eine Geschichte so nennst.«

»Versprechen sollte nicht ein Sterblicher, denn spät'res Wissen straft den Vorsatz Lügen.«

Meine Freundin seufzt.

Die Experimente des Dr. Füssli

Ich sehe das Plakat in der Straßenbahn und notiere mir sofort die Telefonnummer: Probanden für ein noch nicht marktreifes Potenzmittel werden gesucht.

Tatsächlich brauche ich nicht nur dringend Geld, ich habe auch Erektionsprobleme.

Meine Freundin meint, es seien gar keine Erektionsprobleme. Stattdessen hätte die Fernbeziehung bei mir eine handfeste Sexualneurose ausgelöst, weil ich mir einredete, an den wenigen Tagen, die wir gemeinsam haben, den Sex von zwei Wochen unterbringen zu müssen. Dabei käme ich von meinen Fahrten abgewrackt zu ihr, hätte dann noch irgendwelche Auftritte in Köln oder Bonn und würde viel zu viel Alkohol trinken. Meine Freundin spricht auch von meiner Seele, meiner Mutter und meiner grundsätzlichen Einstellung zu Sex. Mir ist schleierhaft, was meine Seele mit meinem Penis zu tun haben soll. Und in meiner Einstellung gegenüber Sex kann ich nichts Ungewöhnliches finden. Sie lässt sich in fünf einfachen Punkten zusammenfassen: 1. Ein Mann kann fast immer erregt werden. Sein Glied gleicht einer Maschine, die durch Schlüsselreize eingeschaltet wird und dann durch nichts mehr zu stoppen ist. 2. Im

Bett zu kuscheln bedeutet immer, dass es zu Sex kommen wird. 3. Hat sich ein Paar zwei oder gar drei Wochen nicht gesehen, fällt es sofort übereinander her. 4. Die Menge an Stellungen und Orgasmen pro Woche verrät die Qualität der Beziehung. 5. Frauen nehmen Sex in Kauf, weil sie Liebe wollen, Männer nehmen Liebe in Kauf, weil sie Sex wollen. Das habe ich auf dem jesuitischen Jungeninternat und durch Pornofilme gelernt. Mag das Frauenbild in der Hardcorepornographie auch etwas einseitig sein, Männer werden meiner Ansicht nach darin realistisch abgebildet. Ich bin nicht so dumm zu glauben, dass meine Freundin meine beginnende Impotenz normal findet. Das sagt sie nur, um mich zu trösten. Vermutlich steckt sogar sie dahinter, dass ich immer häufiger Mails mit Betreffzeilen wie »Grow long and hard today« oder »Solution for your sexual life« bekomme.

Die Firma Parexel sitzt im Klinikum Westend und führt die Studie für einen Pharmakonzern durch. Gesucht werden junge, gesunde Männer. Möglichst Nichtraucher und Nichttrinker. Ich melde mich trotzdem.

Schon bei der Vorbesprechung sehe ich, dass ich nicht zu hoch gepokert habe: Wenn diese dreißig Männer auf den dreißig orangefarbenen Plastikstühlen die jungen, gesunden Nichttrinker Berlins sind, dann kann ich mich zum Iron Man anmelden. Fettige oder büschelweise ausfallende Haare, Haut wie im Dermatologie-Handbuch, Augen, in denen zu lesen steht: Du, der du hier eintrittst, lass alle Hoffnung fahren.

Ein Herr in weißem Kittel stellt sich als Dr. Karl Füssli vor und klärt uns über Sinn und Zweck der

Studie auf: Ein Konzern will Potenzmittel wie Sildenafil, Viagra und PT141 vom Markt fegen mit einem testosteronbasierten Penishammer, wie ihn die Welt noch nicht gesehen hat.

Schließlich zählt der fleischwurstblasse Arzt die möglichen Nebenwirkungen auf: Kopfschmerzen, Übelkeit, Durchfall, Hautausschlag, Gicht, Gelbsucht, Scheinschwangerschaften und Marienerscheinungen. Außerdem Morbus Grass, Lykanthropie, Larmoyanz und Juckreiz.

Die Aufzählung lässt alle kalt. Dr. Füssli kommt unverzüglich zu unseren Pflichten: Drei Tage vorher keinen Sport, keine mohnhaltigen Produkte, keine Zigaretten. Vierundzwanzig Stunden vorher keinen Tee, Kaffee oder Alkohol. Zum ersten Mal kommt Unruhe auf.

Füssli referiert weiter: Keinen Apfelsaft und vor allem keine sogenannten Energy Drinks.

»Was?«, ruft ein Sonnenbank-Gigolo mit weißer Jacke. »Keine Energy Drinks?«

»Keine Energy Drinks.«

»Ich bin raus.«

Es meldet sich ein Typ mit Wolfs-T-Shirt und grauen Haaren, die er zu einem Pferdeschwanz gummiert hat: »Was ist mit Hanf? Reiner Hanf ohne Tabak?«

Schließlich sind wir noch zwanzig Probanden, die unterschreiben. Für den Fall unseres Ablebens sind wir vertraglich versichert: Irgendwer bekommt irgendwelches Geld. Es gibt ein paar Checks: Blutdruck, Blutprobe, EKG, Urintest. Ich bin sauber. Im anschließenden Arztgespräch lüge ich nur bei den

Themen Alkohol, Schlafstörungen und Schizophrenie in der Familie. Dann bin ich drin.

Am nächsten Tag erreiche ich mit einer Sporttasche zwischen efeubewachsenen Backsteinbauten meine Unterkunft: das Haus 18. Im Flur schleichen hinter einer Glasscheibe Probanden in Ballonseide-Jogginghosen aus dem 99-Pfennig-Land umher, wie Statisten, die sich für einen Zombiefilm warm schlurfen.

Der Pförtner von Haus 18 ist ein gutgelauntes Walross mit Halbglatze und Norwegerpullover. Er gibt mir eine Karte, mit der ich die Zugänge zu den Duschen und Toiletten öffnen kann. In den nächsten Tagen habe ich mich zwischen Krankenzimmer, Flur, Speiseraum, Aufenthaltsraum, Internetkabuff und Toilettenräumen aufzuhalten.

Ich teile mir ein Fünfbettzimmer mit nur einer weiteren Person. Der Typ ist Anfang zwanzig und trägt ein frohes Kindergesicht mit Kussmund auf einem fleischigen Zwei-Meter-Körper im weiß-blauen Adidas-Jogginganzug. Er heißt Bieberkopf, hat in Tegel gesessen, will jetzt anständig werden und braucht Geld, aber keine Hilfe von nichts und niemand.

Im Laufe des Gesprächs versichern wir uns, dass wir ein wenig Sorge haben, durch das Mittel unsere ohnehin außergewöhnliche Potenz ins Krankhafte zu steigern. Bieberkopf schwärmt von seiner Mieze, verschweigt aber nicht, dass er auch bei allerhand anderen Kätzchen am Start sei. Genervt packe ich mein Buch »Luciferian Tantra and Sex Magic« aus, komme aber nicht weit, weil jemand klopft und im gleichen Moment die Tür aufdrückt. Eine Ärztin mittleren Alters betritt in weißen Birkenstock-Sandalen das Zimmer.

»So, die Herren«, sagt sie mit einer Stimme, in der sich die sterile Nicht-Erotik des ganzen Traktes komprimiert. »Ich gebe Ihnen jetzt das Mittel. Bleiben Sie bitte nach Einnahme eine Stunde im Bett liegen. Um 19.45 Uhr machen wir dann eine weitere Blutprobe.«

Das Potenzmittel heißt »Phönix« und wird als 300-mg-Tablette verabreicht. Danach liegen das Milchgesicht und ich still auf dem Bett und hängen unseren Gedanken nach. Ich denke an meine Freundin. Erst trägt sie noch einen Pullover und ein Höschen, dann ist der Pullover plötzlich fort, und ihre Apfelbrüste prangen im matten Licht einer phantastischen Lampe, die nur in meinem Kopf leuchtet. Ich habe das Gefühl, dass eine höhere Macht in mein Becken fährt, wo sofort ein Bautrupp hochmotivierter Blutkörperchen einen neuen Turm zu Babel errichtet, der meine Bettdecke anhebt wie ein Taschentuch.

Es gibt vier Arten von Erektionen: Härtegrad 1 gleicht einer Milchschnitte. Ein Ding zwischen »wäre-schön-wenn« und »wäre-besser-wenn-nicht«. Härtegrad 2 gleicht einem Milky Way, das Greisen noch einmal Tränen der Erinnerung aus den Augen treibt, das junge Männer aber an sich zweifeln lässt. Eine Sieben-Hefeweizen-und-sechs-Doppelkorn-Nudel, mit der es nur geht, wenn man nicht erst irgendwo reinmuss, sondern schon drin ist. Dann aber für Stunden. Härtegrad 3 ist ein ordentliches Snickers. Die Eichel fängt an zu glänzen. Ab jetzt macht es Sinn, von Zigarre mit Puls, einäugiger Hosenschlange, rosa behelmtem Liebesritter, Polyphem, Bolzen, Riemen,

Pfropfen, Ständer, Rohr, Kolben oder Latte zu reden. Härtegrad 4 ist ein Bundeswehrkeks, der Sturm in der Hose des Teenagers. Ein Druck, der die Jeans zum Platzen bringt, der die Seele transformiert. Ein Gerät, das dich morgens weckt, indem es dir blaue Flecken auf den Bauchnabel schlägt. Du bestehst nur noch aus Penis und glaubst, Vampire damit pfählen zu können.

Ich erreiche an diesem Abend im Krankenhaus Härtegrad 5. Das Blut strömt aus meinem Kopf in die Leistengegend, wo sich ein Monolith erhebt, wie ihn die Steinzeitmenschen am Anfang von »2001 – Odyssee im Weltraum« bestaunen. Die Macht – wie es bei »Star Wars« heißt. Die Uräusschlange der Pharaonen. Thors Hammer. Excalibur. Das ewige Lingam. Die wilde Jagd braust durch meine Samenleiter. Der Gott Priapos ist in mich gefahren. Im Nebenzimmer schmettert jemand eine Hymne, der offenbar eine ähnliche Erfahrung macht:

> »Auferstanden aus Ruinen
> Und den Damen zugewandt,
> Lasst uns heut' der Venus dienen,
> Endlich nicht mehr ausgebrannt.«

Bieberkopf stöhnt in seinem Bett. »Fleisch«, knurrt er leise.

»Ja«, sage ich, »schönes, braungebranntes Fleisch.«

»Nein, roh«, fällt er mir ins Wort, und seine Stimme gefällt mir nicht. Ich schlage ihm einen Deal vor: Wenn er mich ein paar Minuten alleine lässt, besorge ich ihm danach einen saftigen Happen aus der Küche. Das Bett knarrt, als er seinen massigen Körper aufrichtet. Er geht etwas gebückt. Mitten im Raum bleibt er stehen und schnuppert. Dann bleckt er die Zähne, wirft den Kopf einmal horchend um 90 Grad herum und verschwindet aus dem Raum, Luft durch die Nase ziehend wie ein Vollirrer.

Ich sollte mir Gedanken um den Jungen machen, aber das Mittel hat mich im Griff. Gerade habe ich mich ordentlich in Fahrt gebracht, da geht die Tür nach einem halbherzigen Klopfgeräusch auf. Die Ärztin schiebt sich wieder ins Bild, aber sie hat sich verändert: Sie sieht unglaublich gut aus. Besser gesagt: Ich nehme sie nur holzschnittartig wahr: Haare, Brüste, Beine – Frau. Super!

»Geht es Ihnen nicht gut?«

»Doch.«

»Was haben Sie da in der Hand?«

»Den roten Baron, der in den Himmel Ihrer Wollust steigen will.«

»Wie bitte?«

»Den Eisberg, an dem die Titanic Ihrer Sittsamkeit zerschellen muss.«

»Ziehen Sie bitte Ihre Hosen an, und machen Sie sich zur Blutabnahme bereit. Wo ist überhaupt Herr Bieberkopf?«

»Ich weiß es nicht. Was ich aber weiß, ist: Verzaubert hast du mich, meine Schöne. Aus deinen Augen sprechen alle alten Zauber. Aus deinen Locken tropft die Nacht. Aus deiner Haut strömt ein Duft, der von nun an bei mir sein wird. Bis zum Tod.«

»Herr Neft, ich muss Ihnen die Braunüle legen.«

»Wie heißt du?«

»Sybille.«

»Sybille. Ich will dich.«

»Das sagen Sie nur wegen dem Mittel.«

»Nein. Sybille. Ich weiß, dass in dir ein tiefer See ist. Lass mich deine ...«

»Ich glaube, ich mag das nicht hören. Ihren Arm. Würden Sie bitte Ihren Arm freimachen?«

»Gib dich mir hin, Sybille, so wie die Weizenfelder sich niederlegen vor dem Wind, gib dich mir hin, wie ich mich dir hingebe: ohne Maske, ohne Rüstung, ohne falschen Stolz, ohne Vergleiche, ohne einen Gedanken an Macht und an Angst, an unsere Wunden, Sybille, an gestern, an Verlust. Ich bin ganz bei dir. Jetzt.«

Ich fühle mich völlig ferngesteuert und seltsam hohl. Es ist, als ob nicht ich rede, sondern das Klischeebild eines Mannes, das in den trüben Untiefen meines Bewusstseins seit Jahren vor sich hin dümpelt. Es kann nur an dem Mittel liegen – dieses zwanghafte Verhalten, dieses verwirrende Gefühl, dass mein Fleisch willig, aber mein Geist schwach ist.

Bei Sybille sieht das anscheinend anders aus. Tatsächlich nimmt sie meine Hand: »Nu is gut, ich hab's ja verstanden.«

»Sybille«, kann ich nicht aufhören, »ich will vor der Welt ja zu dir sagen. Ich will dein Lachen als Echo aus dem Mund unserer Kinder hören. Sei bei mir heute Nacht. Sehen wir uns an mit unverschleierten Blicken. Heute Nacht, Sybille, wenn wir uns erkennen. Wenn das, was in all den Jahren zu Splittern zerfallen ist, wieder ganz wird und heil.«

»Jetzt hör schon auf zu reden, Kleiner.« Sybille langt mit einer Hand nach meinem Mund, mit der anderen nach meinem pochenden Jadestab. Ihre Finger, die den ganzen Tag Spritzen aufziehen und mit kleinen Kugelschreibern kleine Buchstaben in kleine Kladden schreiben, pulsieren mit meinem Herzschlag um die Wette. Unsere Münder treffen sich wie zwei Freunde nach langer Wanderung auf einem fernen Kontinent.

»Wir dürfen nicht«, sage ich und würde in diesem Moment am liebsten mit Bieberkopf ein Schnitzel essen. »Liebe darf alles«, keucht Sybille, aber es klingt ein wenig geschauspielert. Was ist nur mit mir los? Endlich ist mein Penis hart und fest, und mein Hirn denkt beinahe zwanghaft an Schweinefleisch mit Mischgemüse.

In diesem Moment fliegt die Tür auf und eine Stimme, die kaum menschlich klingt, gurgelt: »Fleisch.«

Mein Zimmergenosse geht mittlerweile auf allen vieren, seine Gesichtszüge sind auf den Schienen der Evolution ein paar Jahrtausende zurückgefahren und dann im Paläolithikum falsch abgebogen. Vielleicht irre ich mich, aber sein Kiefer hat sich zu einer halben Schnauze verformt, der Jogginganzug wurde gegen einen braunen Flokati getauscht, und die Augenbrauen wirken in der schummrigen Krankenzimmerbeleuchtung wie frisch hochgebürstet.

»Fleisch.«

Sybille springt vom Bett auf. »Herr Bieberkopf!«

Der Vierbeiner schnüffelt, blickt mich verschlagen aus gelbgeborstenen Augen an und verzieht das Maul zu einem schiefen Grinsen. Dann springt er.

Als mich sein Körper trifft, ist mein Penis noch immer so hart wie eben bei der Frau, deren Namen ich schon wieder vergessen habe. Obendrein nimmt mein Glied ein dämonisches Eigenleben an: Mit Macht zieht es mich in das Fell des Untiers. Ich klammere mich mit beiden Händen an den muffigen Pelz und versuche, mein Glied irgendwo bei Bieberkopf hineinzurammen. Ich stoße in die Irre, pralle ab, mir knackt die Latte, aber ich lasse nicht locker. Das Vieh verkeilt sich in mich, versucht mich zu beißen, aber ich, vom Penis besessen, beiße als Erster. Ich spüre weder Angst noch Schmerzen, und mir ist es egal, ob Bieberkopfs oder mein Blut auf den Laminatboden schießt wie Wasser aus einer Scherzartikelblume.

Das Erste, woran ich mich wieder bewusst erinnern kann, ist, wie die Tür auffliegt. Dr. Füssli betritt jovial lächelnd den Raum und besieht sich den blut-, urin- und spermaverschmierten Boden sowie das wimmernde Fellknäuel in der Ecke.

Zwei Tage später holt mich meine Freundin ab. Ich bin vollkommen heruntergewirtschaftet. Meine Seele ist trüb wie ein umgekippter Waldsee, auf dessen Grund die Leichen ungewollter Kinder treiben. Meine Freundin sieht mich traurig an. »Diese blöden Experimente«, sagt sie, »musste das wirklich sein? Wer hat dir nur diesen Scheiß eingeredet?«

Ich beginne zu weinen. So lange, bis ich plötzlich unbändigen Appetit auf rohes Fleisch bekomme.

An einem Samstag im August

Als mich eine Freundin fragt, ob ich mit ihr tanzen gehen will, äußere ich meine Bedenken: Seit ein paar Wochen trinke ich keinen Alkohol mehr. Das Nichttrinken bringt allerdings Unannehmlichkeiten mit sich. Es ist nicht so, dass ich nun unter Schlafstörungen leide, plötzlich Angstattacken bekomme oder mich selbst nicht mehr ertragen kann. Es ist einfach so, dass ich viele andere nicht mehr ertragen kann. Bisher habe ich die Abende im Jessner-Eck ganz lustig gefunden. Jetzt fühle ich mich dort wie im Aufenthaltsraum der Geschlossenen.

Auf Partys habe ich nun manchmal den Eindruck, als wäre für mich die Musik ausgestellt und das Licht angeknipst. Plötzlich stehen wildfremde, nach Weißwein oder Bier müffelnde Leute in der Gegend herum und faseln vor sich hin. Wie einfach ist es doch gewesen, als ich mir Gespräche, Orte und Menschen noch schöngetrunken habe.

Da Discos schließlich nichts anderes sind als Partys, nur noch gröber und grässlicher, erscheint mir die Idee, tanzen zu gehen, in einem zweifelhaften Licht. Ich stelle mir einen Club wie das sagenumwobene Cookies vor, wo es nach Gummibärchen, Rasierwasser und Intimspray riecht und Leute mit zu

großen oder zu kleinen Pupillen absurden Verrich-
tungen nachgehen. Meine Freundin Dorothea be-
harrt jedoch darauf, dass sie mich zu einem gar nicht
grässlichen Tanzlokal führen will. Sie, ich und zwei
Freunde von ihr würden dort eine schöne Zeit haben.

An einem Samstag im August treffe ich mich mit
ihr, einem blonden und einem schwarzhaarigen Mann
vor Clärchens Ballhaus. Vielleicht macht mich der
Alkoholverzicht paranoid, aber die beiden Typen
scheinen mich eher als Belästigung zu betrachten. Ihr
Verhalten mir gegenüber bewegt sich am unteren
Ende des Spektrums, das noch mit »höflich« beschrieben werden kann.

Kaum dass wir das Tanzlokal betreten haben, weicht
meine Anspannung einem befreienden Gefühl ange-
nehmen Staunens: Zart wie ein Frühlingshauch we-
hen duftende Gestalten an mir vorüber. Gedämpft er-
klingt Musik verblichener Epochen, als sich noch
schwarze Scheiben unter diamantenen Nadeln dreh-
ten. Die Klänge sind so dezent, dass ein freundlicher
Plausch beinahe ohne Anstrengung der Stimme und
ohne Einspeicheln eines dargebotenen Ohres möglich
ist. So leise tönt es aus den Boxen, dass abgestumpf-
tere Ohren und Geister hier von jenem Schrecken der
Leere gequält werden dürften, dem sich die gewöhn-
liche Diskothek durch Einsatz magenverdrehender
Bässe, iriszerfetzender Lichtspiele und hirnbelullen-
der Rauch- und Nebelschwaden so konsequent ent-
gegenstellt. Doch hier: Kein Rauch. Kein Mensch,
dessen Auge unstet über die Anwesenden geistert, auf
der Suche nach Anerkennung wie ein Vampir nach
Blut. In feinen und unaufdringlichen Kleidern dre-

hen sich anmutig die Damen, in gutsitzenden Hosen und ansprechend frisiert tun es ihnen Galane gleich, die ohne Gockelhaftigkeit die Überzahl der Ersteren still zu genießen wissen. Die leichtfüßig Tanzenden sind in ihren Zwanzigern oder Dreißigern, hin und wieder auch jünger oder um Jahrzehnte älter – doch treten Alter und Geschlecht in den Hintergrund, als sich zu den Klängen des Swing jenes Leuchten in den Augen der Tanzenden zeigt, das davon kündet, dass wir alle jung und alt, Mann und Frau, ewig und vergänglich und sterblich schön sind. Der Raum, durch den gut geschulte und mit schmucken Fliegen bestückte Kellner scharwenzeln, erscheint nicht zu hell und nicht zu dunkel, nicht zu voll und nicht zu leer, weder hip noch unästhetisch. Vielmehr waltet der leicht marode Charme ostdeutscher Architektur und Einrichtungskunst.

Während ich am Rand der Tanzfläche stehe, denke ich melancholisch daran, wie oft ich traurig, bedrückt und verstört aus Diskotheken heimgekehrt bin. Besudelt und aufgewühlt von niedrigen Gedanken und kleinlichen Gefühlen. Und wie oft habe ich die Schuld für diese Gefühle nur bei mir selbst gesucht. An diesem Augustsamstag, als ich auf die Tanzenden blicke, entzückt und fasziniert wie von der geheimen Ordnung sommerlicher Mückentänze, beginne ich zu ahnen: Ein anderes Tanzen ist möglich. Dorothea und ihre Freunde tanzen schon. Ich muss nur noch dazustoßen. Einfach mitmachen. Etwas nervös schaue ich zur Bar. *Nur ein, zwei kleine Enthemmbiere*, denke ich. *Vielleicht noch einen Prä-Tanz-Schnaps oder einen Lockerungswein.*

Am Rand der Tanzfläche fühle ich mich wie damals als Jugendlicher auf dem Zehnmeterbrett im Freibad. Mit zitternden Waden hatte ich in die Tiefe geblickt und gewusst, dass ich mich in einer beschissenen Lage befand. Entweder musste ich springen – was ich nicht wollte, oder die Leiter an den anderen vorbei wieder zurückklettern – was ich auch nicht wollte. Damals bin ich wieder zurückgeklettert. Eine Situation, an die ich noch heute manchmal denke.

Diesmal wird gesprungen, sage ich mir selbst. *Es muss nur noch das richtige Lied kommen.* Ein paar Minuten später beginnt ein Song, der mir bekannt vorkommt. Ich mache ein paar beherzte Schritte hin zu den Tanzenden und lege los. Eine Stimme in meinem Kopf, die eben nur leise vor sich hin genuschelt hat, wird plötzlich laut und deutlich: *Jetzt hast du den Salat. Es ist das falsche Lied. Du kennst es nicht, und im Rhythmus bist du sowieso nicht.*

Ich lächele Dorothea an. Sie lächelt zurück. Ich kann nur hoffen, dass ich gerade nicht so aussehe, wie ich mich fühle. Mein Körper ist bretthart, meine Hüften fühlen sich an wie festgebacken. Ich schließe die Augen und lächele weiter. Genießerisch soll das aussehen. Ganz ich und der Song. Dabei tut mir schon bald die Kiefermuskulatur weh. Die Stimme in meinem Kopf fängt wieder an: *Du siehst so bescheuert aus, dass man fast Mitleid haben könnte. Aber auch nur fast. Du weißt ja, dass genau jetzt ein paar Leute zu dir rübergucken und denken: Wenn der so fickt, wie der tanzt – na dann gute Nacht. Du selbst denkst so was doch auch bei schlechten Tänzern. Nein, du denkst es nicht nur, du sagst es anderen ins Ohr, um*

einen Lacher abzustauben. Na, komm: ein Hefewei-
zen, und das Ganze hier fühlt sich schon ganz anders
an. Sind nur zwölf Schritte bis zur Bar.

Ich versuche, die Stimme zu ignorieren und einfach
weiterzutanzen. Einfach weitertanzen. So tun, als sei
das falsche Lied das richtige. Irgendwann kommt
schon der Flow. Irgendwann kommt die Erkenntnis,
dass es das gibt: ein richtiges Tanzen im falschen
Song. Mit großer Mühe achte ich darauf, meine Füße
immer genau dann auf den Boden auftreffen zu lassen, wenn im Stück die Snare-Drum einen Beat vor-
gibt. Gleichzeitig überlege ich, was ich mit meinen
Armen machen soll. Zurzeit lasse ich sie schlaff an
den Seiten herunterhängen, aber ein listiges Linsen
durch meine fast geschlossenen Augen verrät mir,
dass die anderen mit ihren Armen alle irgendetwas
machen. Ich kann sie auf dem Rücken verschränken.
Das habe ich einmal bei tanzenden Gruftis gesehen.
Oder ich breite die Arme aus, so heilandmäßig, die
80er-Jahre-Windmühlentechnik. Ich glaube, Bono
von U2 hat damit angefangen. Ich könnte auch lustig
mit den Fingern schnipsen wie ein gut aufgelegter
Dieter Thomas Heck, eine Prise Ironie in meine Ge-
sten geben. Ironie kommt doch immer an. Ich tanze
nicht bloß, ich tanze auf einer Metaebene. Vielleicht
ist das die Lösung.

Vergiss es!, hallt es in meinem Kopf. *Mach nur den*
Clown. Du wirkst so oder so verklemmt und ganz-
körperbehindert.

Die anderen tanzen schön und locker. Dorothea
lässt die Hüften kreisen, als sei es das Einfachste
von der Welt. Ihr blonder Freund bewegt seinen Hin-

tern mit schön anzusehender Entschlossenheit. Der Schwarzhaarige sieht zu mir rüber und scheint sich mit Mühe ein Lachen zu verkneifen. Ich bin den Tränen nahe. Mein Herz ist traurig und meine Füße tanzen. Ich komme mir vor wie ein Hampelmann, der sich selbst an der Strippe zieht.

Kurz tröstet mich die Vorstellung, dass nicht wenige große Geister gewiss miserable Tänzer gewesen sind. Baudelaire ist bestimmt wie ein Albatros über das Tanzparkett gewatschelt, der dicke Balzac hat ständig völlig missratene Pirouetten gedreht, Poe war immer einen Kopf kleiner und hat obendrein die Knie immer so albern hochgezogen. Von Thomas Bernhard ganz zu schweigen. Naturgemäß lächerlich. Wenn Elfriede Jelinek jetzt hier reinkäme, würde sie doch nur blass und verstört am Rand stehen, aber tanzen? Niemals. Wieder höre ich die Stimme: *Ja, du Knallkopf. Aber was hat das mit dir zu tun?*

Durch die Schlitze zwischen meinen fast geschlossenen Lidern sehe ich das Gesicht einer lächelnden Dorothea näher kommen. »Frank sagt, du tanzt wie ein Informatiker«, sagt sie. Als ich gerade darüber nachdenke, ob dass nicht doch als Kompliment zu verstehen ist, fügt sie hinzu: »Aber das macht nichts.«

Nach dem Lied entschuldige ich mich unnötigerweise bei ihr und suche die Toiletten. Ich muss mich sammeln, mir Wasser ins Gesicht spritzen, meinen Urinstrahl betrachten oder mich in einer Klokabine verbarrikadieren und zwei Stunden Backgammon auf meinem Handy spielen.

Am Waschbecken stelle ich erleichtert fest, dass ich alleine bin. Als ich mich jedoch wieder aufrichte, um mein tropfendes Gesicht im Spiegel zu begutachten, zeigt sich im Rahmen des geschliffenen Glases mit einem Mal eine weitere Gestalt: ein junger Mann, der durchaus als unscheinbar gelten könnte, hätte er nicht einen schwarzen Hut mit schmückender Feder auf dem Kopf. Im Zusammenspiel mit zwei sehr dicken Brillengläsern, hinter denen seine Augen wie zwei verdutzte Fische in einem trüben Aquarium aufeinander zuschwimmen, lässt dieser Hut die eigentlich unauffällige Erscheinung ins Groteske kippen.

»Entschuldigung«, sagt er leise und mit leicht schwäbischem Akzent. »Darf ich dich etwas fragen?«

Ich drehe mich langsam um und nicke.

»Wie hast du dich beim Tanzen gefühlt?«

»Ich? Beim Tanzen?«

»Ja, ich habe dich beobachtet.«

Es ist, wie ich befürchtet habe. Mindestens einer hat mein abscheuliches Tanzen beobachtet. Ein Schwabe mit Hut.

»Ich heiße Juan«, sagt er und reicht mir eine schlaffe, feuchte Hand. »Ich habe gesehen, dass der Schattenkrake an dir saugt.«

Prima, denke ich. *Ich habe es wieder geschafft und selbst in diesem schönen Tanzcafé den einzigen Irren angelockt.*

»Du denkst, dass ich ein Irrer bin«, sagt er, »weil du die Wörter, die ich benutze, nicht in dein Koordinatensystem eingliedern kannst.«

»Doch, doch. Schattenkrake. Saugen. Kann ich mir was drunter vorstellen.«

»Aber dir ist nicht klar, dass er dein Bewusstsein trinkt, oder?«

»Nein. Ehrlich gesagt …«

»Vielleicht sollte ich dir alles in Ruhe erklären, an einem anderen Ort.«

Mir ist in diesem Moment vollkommen klar, dass es das Vernünftigste wäre, zu gehen. Andererseits klingen die Worte Juans nach einer spannenden oder zumindest unterhaltsamen Geschichte. Insgeheim hoffe ich, über den Schwaben lachen zu können und so meine Tanzmisere zu vergessen.

Ich folge ihm also zu einem Tisch in einer stilleren Ecke des Lokals und lasse ihn vom Schattenkraken erzählen.

»Der Schattenkrake gehört zu den anorganischen Raubwesen.«

Ich nicke.

»Er ernährt sich vom Glanz der Bewusstheit.«

Ich nicke wieder.

»Ursprünglich ist das Bewusstsein des Menschen in der Lage, viele Welten wahrzunehmen. Aber die meisten werden vom Kraken angezapft, so lange, bis sie nur noch die Spitzen ihrer Schuhe erkennen. Verstehst?«

Ich nicke.

»Der Trick des Kraken besteht darin, das Hirn des Menschen mit Ich-Geplapper abzulenken. Während du überlegst, was andere über dich denken, wie sie deine Witze finden oder die Art, wie du tanzt, frisst der Krake Stück um Stück deine Fähigkeit, wahrzunehmen. Die ganzen Ego-Sorgen, das innere Gebabbel halten die Leute für ihre eigenen Gedanken, dabei schmuggelt der Schattenkrake diesen Virus in ihr Betriebssystem.«

»Du bist da einer ganz heißen Sache auf der Spur«, sage ich.

»Das ist uraltes Wissen«, sagt Juan gelassen, aber mit einem strengen Blick in meine Augen.

»Gut, was kann man denn tun, um sich vorm Schattenkraken zu schützen?«

»Die Software löschen. Durch inneres Schweigen«, sagt er und nickt bedächtig. »Die wichtigste Praxis, um die Fixierung des Montagepunktes zu ändern.«

Es entsteht eine Pause. Juan steht plötzlich auf und stellt sich etwa dreißig Zentimeter hinter mich.

»Hier«, sagt er, während ich mir fast den Hals verrenke. »Hier liegt dein Montagepunkt. Dort bündeln sich sämtliche Energiefasern deines Umfeldes und werden in Sinnesdaten umgewandelt. So entsteht die Alltagswelt. Du sagst *Realität* dazu.«

Ich spähe zu Dorothea hinüber, die gerade mit einem ihrer Freunde einen schwungvollen Walzer tanzt. Wie die beiden wohl in Wirklichkeit aussehen, also ohne vorher durch den Filter meines Montagepunktes verändert worden zu sein?

»Du fragst dich vielleicht, wie die Welt aussieht, wenn du sie nicht durch deinen Montagepunkt filterst.«

Juan wird mir langsam unheimlich. Ich frage mich, ob er vielleicht ein wenig Gedanken lesen kann.

»Gedankenlesen ist leicht bei Menschen, die in der Standardeinstellung feststecken«, sagt der Schwabe. »Schwerer ist es, die Standardeinstellung zu erkennen und umzuprogrammieren.«

In diesem Moment schießen mir mehrere Gedanken durch den Kopf. Zum einen denke ich intensiver als je zuvor an einen Becher, randvoll mit hochprozentigem Alkohol, zum anderen sticht mir plötzlich der Hintern einer Tanzenden ins Auge und lädt mich zu sexueller Kontemplation ein. Außerdem will ich wissen, warum der bebrillte Schwabe mit dem stechenden Blick gerade mir sein außergewöhnliches Wissen offenbart. Fast gleichzeitig habe ich die Eingebung, dass ich sofort einen völlig abseitigen, noch nie von mir gedachten Gedanken denken muss, um mir selbst zu beweisen, dass ich Herr in meinem eigenen Oberstübchen und keinesfalls in Standardeinstellungen gefangen bin. Zusammen mit dieser Eingebung formuliere ich die Frage, ob die Eingebung nicht vom Kraken stammt oder zumindest diese Frage in Bezug auf die Eingebung oder die Frage zur Frage.

»Nagual«, sagt Juan und zerschlägt mit diesem einen Wort den gordischen Knoten, der sich gerade in meinem Hirn bildet.

»Was?«, frage ich wie belämmert.

»Du hast es in dir. Zauberer erkennen Zauberer. Aber du bist weit von deinem Weg abgekommen. Hier –«, er fuchtelt hinter meinem Rücken herum, »dein Montagepunkt sitzt ziemlich lose, vielleicht hast du ihn schon ein paarmal über die üblichen Grenzen hinaus bewegt.«

»Aber was mach ich jetzt bloß? Bis ich das innere Schweigen lerne, hat mir der Schattenkrake den letzten klaren Gedanken weggesogen.«

Juan lächelt. »Es gibt einen schnellen Weg. Du kannst den Kraken heute Nacht vertreiben. Später übst du das Schweigen.«

Ah, denke ich, *einen schnellen Weg gibt es also. Natürlich, am Ende solcher Geschichten gibt es immer eine schnelle Lösung.*

»Gib acht«, sagt Juan. »Der Krake spürt, dass er in Gefahr ist. Er wird mit aller Macht der Skepsis zuschlagen, um seine Vertreibung zu verhindern.«

Scheiße, denke ich oder die Kraken-Software in mir.

»Das unergründliche Universum schickt die Kraken, aber es schenkt auch die heilige Pflanze.« Mit diesen Worten zieht Juan eine kleine Ampulle aus der Innentasche seines Jacketts. »Wenn du das trinkst, wird die Stelle an deinem Montagepunkt abgeklemmt, wo die reine Energie in die Alltagsmatrix uminterpretiert wird.«

»Das ist eine Droge, richtig?«

»Es ist eine in Wasser verdünnte heilige Pflanze.«

»Die willst du mir geben?«

»Ja.«

»Willst du Geld dafür?«

Der Schwabe blickt sehr ernst drein. »Natürlich schenke ich dir die heilige Pflanze. Sie darf nicht verkauft werden. Und für den Energiefluss ist es gut, wenn du mir danach Geld schenkst. Sagen wir zwanzig Euro.«

Ich muss laut auflachen. Schon einige Dealer haben meinen Weg gekreuzt, aber noch keiner hat sich annähernd so viel Mühe gegeben wie Juan.

»Super«, sage ich strahlend. »Und was ist das für ein Zeug?«

»Wir nennen es den Tür-Öffner«

»Ich schmeiß mich weg.«

»Ja, der Krake in dir lässt dich lachen.«

»Der Krake in mir – super. Danke, Mann. Danke. Du hast meinen Abend gerettet. Weißt du – ich trinke nämlich keinen Alkohol mehr. Und dann kommst du mit dem Tür-Öffner. Super.«

Juan sitzt unbewegt an seinem Platz und betrachtet mich wie jemanden, der gerade ein bisschen albern ist, sich aber bald fangen wird.

»Der Geist im Alkohol verengt das Bewusstsein. Die heilige Pflanze erweitert es«, sagt er und stellt die Ampulle vor mir auf den Tisch. »Du musst es nicht probieren. Stell dir vor, du stehst auf einem Zehnmeterbrett. Du könntest springen, eine neue Erfahrung wartet auf dich. Du kannst aber auch einfach wieder runterklettern und den Rest deines Lebens so tun, als hättest du nie dort oben gestanden.«

Ich werde schlagartig ernst. Mit sicherer Handbewegung ziehe ich mein Portemonnaie aus der Tasche. Etwas in mir sagt: *Lass es, Junge. Das ist der größte Blödsinn, den du machen kannst.*

»Krakenalarm«, sage ich halblaut und reiche Juan einen Zwanzig-Euro-Schein. »Einfach nicht drauf hören.«

Während der Bewusstseinsräuber in mir zetert und tobt, greife ich rasch nach der Ampulle und öffne sie.

»In einem Schluck?«

Juan nickt.

Die Flüssigkeit schmeckt gallenbitter. Mir wird ziemlich schnell übel. Aus dem Augenwinkel kann ich sehen, dass mich Dorothea mit besorgter Miene dabei beobachtet, wie ich in Begleitung des Schwaben ein zweites Mal zum Klo gehe. Der blonde Frank steht neben ihr und flüstert ihr etwas ins Ohr. Vermutlich habe ich ein zwanzig Euro teures Brechmittel gekauft. Als ich aber über einer der Kloschüsseln hänge, ist die Übelkeit doch nicht groß genug, um meinen Mageninhalt dem gleichgültigen Porzellan zu übergeben. Mürrisch klappe ich den Klodeckel herunter und hocke mich darauf, halte es aber sitzend nicht lange aus. Ich muss mich bewegen. Der Krake schwatzt drauflos, als wollte er die Gedanken der nächsten Stunden in ein paar Minuten unterbringen. Die Innenseiten der Zeige- und Mittelfinger beider Hände gegeneinanderschlagend, wie jemand, der durch seine Wohnung läuft und eine Schere sucht, gehe ich mit großen Schritten zurück in den Tanzsaal und dort, den ernsten Schwaben an meiner Seite, immer am Rand der Tanzfläche entlang.

»Es ist alles so, wie es sein soll«, sagt Juan.

Ja, denke ich. *Du hast mir ein billiges Aufputschmittel verhökert, für dich ist alles so, wie es sein soll.* Ich fühle mich wie der letzte Dorftrottel. Wie damals auf der Studienfahrt nach London, wo mir ein Typ irgendwelches Laub als das beste Marihuana in der ganzen Welt verkauft hat. Es ist immer das Gleiche: Aus irgendeinem Grund glaube ich lieber den letzten Mist, als meinen Verstand zu gebrauchen.

Nachdem ich eine ganze Weile wie ein aufgezogener Spielzeugsoldat im Kreis herumparadiert bin und zwischendurch ein paar für alle Beteiligten verwirrende Worte mit Dorothea und den beiden Typen gewechselt habe, bekomme ich plötzlich Lust, mich auf einen freien Stuhl zu setzen. Juan hält sich immer noch in meiner Nähe auf. Vielleicht hat er ein schlechtes Gewissen und steht kurz davor, mir mein Geld wiederzugeben.

»Alles ist so, wie es sein soll«, sagt er noch einmal. »Und nun, schließ die Augen!«

Ich schließe die Augen. Hinter meinen Lidern findet gerade eine Art Laterna magica statt. Aus Licht und Schatten formen sich komplexe geometrische Figuren und sausen auf mich zu, um dann zu stoppen und gemächlich nach oben wegzuschweben. Etwas Ähnliches habe ich als Kind schon einmal erlebt, kann mich aber an den Zusammenhang nicht mehr erinnern.

Jemand rüttelt mich an der Schulter.

»Alles in Ordnung?«

Ich öffne die Augen. Dorothea steht vor mir.

»Ja.«

»Ich denke, du trinkst keinen Alkohol mehr.«

»Ja«, sage ich. Um Dorothea herum schwirren goldene Fäden, wie Glühwürmchen, die man durch leicht zusammengekniffene Augen betrachtet.

»Was guckst du denn so komisch?« Dorothea klingt ein bisschen nervös.

»Schön«, sage ich. »Die Lichter sind sehr schön.«

»Jaja. Was ist das eigentlich für ein Typ mit dem Hut? Der hat doch einen an der Waffel, oder?«

»Nein. Das denkst du nur wegen dem Kraken.«

»Au weia. Komm tanzen, dann bist du gleich wieder fit.«

»Nein, ich bleib noch ein bisschen hier sitzen.«

Ich weiß nicht, wie lange ich so sitze, aber als Dorothea das nächste Mal kommt, bin ich in eine andächtige Betrachtung der Tischoberfläche versunken. Bisher habe ich nicht einen einzigen Tisch wirklich angesehen, noch nie das wundervolle Muster seiner gemaserten Oberfläche betrachtet. Wie schön diese Maserung ist, wenn man nur erst einmal auf die Idee kommt, die Tischdecke zur Seite zu ziehen. Wie unglaublich schön.

»Schau mal, Dorothea, der Tisch«, sage ich ruhig.

»Ja, da ist ein Tisch. Ganz recht.«

»Er ist so ... so schön.«

Dorothea sagt ein paar Sekunden, Minuten oder Stunden nichts. Dann erwidert sie: »Na ja.«

»Wunderschön.« Versonnen nicke ich vor mich hin. »Und so wirklich. Mir ist nie aufgefallen, wie wirklich Tische sind.«

»Okay. Du hast recht. Der Tisch ist wirklich.«

»Verstehst du mich? Ich meine, so richtig wirklich, wirklich. Echter als echt. Er ist der Tisch der Tische. Der Tisch an sich. Die Idee aller Tische und doch zugleich ein Tisch. Ein Urtisch.«

»Anselm, hast du Drogen genommen?«

Mir kommt es so vor, als ob diese Frage von sehr weit her und wie aus einer langvergessenen Zeit zu mir herüberklingt. Das Echo einer Frage, die vor Jahrtausenden gestellt worden ist. Ich verliere mich in den endlos verschlungenen Bahnen der Maserung. Scheinbar chaotisch, spüre ich doch in ihnen eine durchdachte Struktur.

»Dieser Tisch ist heil«, sage ich mehr zu mir selbst als zu Dorothea. »Er ist das Heil.«

»Guckst du mir bitte mal in die Augen!«, fordert mich die etwas anstrengende Frau auf, die offenbar nichts anderes im Sinn hat, als meine zutiefst be-

friedigende Betrachtung mit kleinlichem Geschwa-
fel zu stören. Anstatt Befehlen zu folgen, will ich lieber noch eine Weile die Rillen anschauen, deren Muster sich mir tiefer und tiefer erschließt.

Als ich das nächste Mal aufsehe, erkenne ich Dorothea und die anderen Tanzenden so, wie sie wirklich
sind: als menschenhohe leuchtende Kugeln, die nicht
getrennt voneinander tanzen, sondern immer wieder
in Teilen miteinander verschmelzen, dabei jeweils die
Farbtönung der durchdringenden oder durchdrun-
genen Kugelabschnitte annehmend. In jeder Kugel
strahlt mit besonderer Leuchtkraft eine viel kleinere,
etwa apfelgroße Kugel. In diesen prächtigen Äpfeln
laufen die zahllosen sich im Raum entspinnenden
und mit dem Rhythmus der Musik pulsierenden Fäden zusammen. Mein geistiger Führer befindet sich
in meiner Nähe, als wundervoll schimmernde Kugel,
von der ich nicht sagen kann, wie nah oder fern sie
von mir leuchtet, was aber auch keine Rolle spielt.
Die Idee, der Tanzsaal habe die Ausmaße von Lu-
xemburg, erscheint mir genauso nachvollziehbar wie
die Vorstellung, dass das Treiben in der Zelle einer im
Teppich hausenden Milbe stattfindet.

Alles, was zählt, ist die Intensität der Dinge. Und
mein geistiger Führer, mag er auch Lichtjahre entfernt sein, strahlt intensiver als alle anderen gleißenden Gebilde. Nur die Rillen finde ich noch interes-
santer. Die wundervollen Rillen. Gott. Tatsächlich
schaue ich Gott. Von Angesicht zu Angesicht. Er ist
eine Rille und eine Teppichfluse, ein plastisch gerin-
gelter Schnürsenkel und eine Falte in meiner Jeans.
Oder anders gesagt: All das ist er oder sie oder es oder

ich oder besser: noch nicht ich. Ich oder besser: nicht ich bin in Gott, und als mir das klarwird, muss ich laut lachen. Es ist unvorstellbar lustig, dass ich tatsächlich einmal etwas anderes angenommen habe, dass ich gedacht habe, ich sei dies und die anderen seien das und alles wäre ordentlich voneinander getrennt und Gott, wenn es ihn überhaupt gab, sitze irgendwo im Verborgenen als diffuser Nebel. Das ist nun wirklich urkomisch. Ich schütte mich aus vor Lachen.

»Geh noch weiter, go beyond«, höre ich meinen Lehrmeister sagen, und mit einem Schlag vergeht mir das Lachen. Habe ich die Stimme in meinem Ohr gehört oder in meinem Kopf? Wer oder was ist mein Ohr? Gehört es mir oder allen? Und – wer ist dieser Lehrmeister? Vielleicht ist er selbst der Schattenkrake, vor dem er mich so scheinheilig gewarnt hat, vielleicht warnt mich aber auch jetzt der Schattenkrake vor meinem Befreier.

Aus dem Augenwinkel glaube ich einen Schemen zu sehen, der sich zwischen den Kugeln ausbreitet wie Tinte in einem Glas Wasser. Eine quallenhafte Wesenheit, die mit fadendünnen, endlos langen Tentakeln an den Kernkugeln nestelt und irgendwelche unbeschreiblichen Operationen daran vornimmt. *Vielleicht ist alles Gott*, denke ich, *aber vielleicht ist Gott böse. Eine Verschwörung gegen das Einzige, was nicht Gott ist: Ich. Das kostbarste, was es gibt: Ich, ich, ich.*

»Ich«, brülle ich.

»Anselm«, sagt ein Nicht-Ich. »Ich glaube, es ist besser, wir gehen. Wirklich.«

»Aha. Und wohin? Schön in die Klapsmühle, nicht wahr? Weil ich euch durchschaut habe, weil ich alles durchschaut habe, weil ich weiß, was hier gespielt wird.«

»Du trippst gerade ganz beschissen herum. Ich finde das total daneben.«

Ich sage nichts mehr. Ich bin klar genug, um zu erkennen, dass mich jede weitere Äußerung nur verdächtig macht. Ich tue besser so, als ob Gott und seine überall leuchtenden Partikel recht haben. Vielleicht kann ich so auf Dauer der Verschwörung entkommen. Aber es wird sehr einsam werden. Das ahne ich, als ich meinen Körper von oben betrachte, wie er mit einer wütenden schwarzhaarigen Frau davongeht. Ich sehe ihm hinterher, ruhig, ein bisschen traurig, aber ohne größeres Interesse.

Der Ring, das Kind,
die Krokodile

Die Hirschkühe im Tierpark Friedrichsfelde sind größer und seltsamer, als wir sie in Erinnerung haben. Langgezogen, elegant, mit schönen, aber leicht wahnsinnigen Augen. Vielleicht hat der Zoo sie irregemacht, vielleicht schauen sie von Hause aus so. Eine junge, geistig behinderte Frau filmt sie mit der Videokamera und freut sich. Vor allem über den Hirsch, der sein Geweih mit Getöse an einem Baum reibt.

Ein kleiner schwarzer Bär im Bärenhaus wirkt auch nicht ganz beieinander. Vermutlich ist er in seinem Käfig verrückt geworden. Wie aufgezogen geht er immer hin und her. Meine Skatschwester Tina und ich werden sehr traurig.

Bis dahin hat es Tina für eine gute Idee gehalten, mich unter Tiere zu bringen. In den letzten Tagen habe ich viel von Sinn und Gott gesprochen. Der Zoo soll mich erden.

Wir versuchen es mit Tieren, die dem Menschen weniger nahezustehen scheinen als die wahnsinnigen Hirschkühe oder der durchgeschüsselte Bär.

Die Reptilien wirken wie üblich etwas schlapp in ihren kleinen Terrarien. Eine Fransenschildkröte schaut mich aus albernem, viel zu kleinem Gesicht an. Albern auch die Axolotl. Diese Schwanzlurche kommen als Larve zur Welt und bleiben Larve. Sie werden nie erwachsen, aber dennoch früh geschlechtsreif. Blasse Gesellen, etwa bockwurstlang und geformt wie ein aufgequollener Salamander mit flachem, breitem Kopf. Das Tier verfügt über Ärmchen und kleine Hände mit drei Fingern. Den Axolotl gibt es in milchig Weiß, fast durchsichtig und in Dunkel. Sein Gesichtsausdruck ist lieb. Neben dem Kopf sprießen Puschel, die wohl der Dekoration dienen, wie die flauschigen Pompons, mit denen Cheerleader herumwedeln. Hätte ich ein Wappen, so wäre ein Axolotl mein Wappentier.

Tina hingegen findet die Lurche hässlich. Wir ergehen uns in müßigen Betrachtungen: Gibt es schöne und weniger schöne Schwanzlurche? Finden sich manche Tiere selbst hässlich? Zweifelt der eine oder andere Pfau an seinem Rad? Unterscheiden Schimpansen zwischen hübschen und indiskutablen Artgenossen? Denken manche Schweine, dass ihr Hintern zu dick ist?

Ich bin ganz weichgespült. Ständig will ich mich mit Tieren anfreunden. Alle sollen mich liebhaben. Das Takin zum Beispiel – ein wundersames Ziegenrind von beachtlicher Größe, das sich die ostasiatischen Bambuswälder mit dem Pandabären teilt. Es ist groß wie eine Kuh, aber bulliger, massiver und von grüngold schimmernder Fellzeichnung. Ein Fabelwesen, dem man leicht Superkräfte andichten kann. Ein Takin im Haus, so rede ich mir ein, und alles ist gut. Wie um mir recht zu geben, stößt das Takin ein seltsames Brummen aus, das wie Obertongesang klingt, während es den schweren, plattbenasten, schafhaften Schädel schwenkt. Mir ist, als hätte ich den ersten Freund gefunden.

Einen zweiten glaube ich kurz darauf in einem südafrikanischen Paradieskranich zu finden. Der vornehme Vogel kommt gleich auf mich zugelaufen, als ich sein Gehege erreiche, so, als hätte er mich schon erwartet. Ein anderer Kranich liegt nur trübe herum, aber dieser eine Kranich, mein Kranich, ist gar nicht tranig, sondern putzmunter und gesellig. Erhobenen Hauptes und mit geschwellter Brust stolziert er am Rand seines Geheges neben mir her, wie ein Butler, der mich zum Ausgang zu begleiten hat. Wechsele ich die Richtung, wechselt der Kranich gleich mit. Steigere ich mein Tempo, verfällt auch der Laufvogel in einen Trab. Vielleicht will er nur sein Revier gegen mich abgrenzen, vielleicht verspricht er sich einen leckeren Imbiss. Am ehesten neige ich aber zu der Ansicht, dass der Vogel sehr erfreut ist, mich zu sehen, und mit mir spazieren gehen will.

Am Gitter des Affenhauses wieder die üblichen, wahrscheinlich von Missverständnissen geprägten Szenen zwischen Menschen- und Affenkindern, die jeweils von ihren Eltern beschützt, aber auch gemaßregelt werden. Eine Affenmutter haut ihr Kind, ein Menschenkind will einschreiten, rüttelt am Gitter, die Affenmutter faucht, die Menschenmutter zieht das Menschenkind so fest am Arm, dass es hinfällt und weint. Die Affenmutter sieht melancholisch durch die Stäbe und zaust ihr Kind. Gleichzeitig bumst ein Affe den anderen kurz von hinten an, lässt aber sofort wieder von ihm ab, da weiter hinten von einem Pfleger Äpfel verteilt werden und jeder Affe einen Apfel haben will.

Trubel auch bei den Krokodilen. Beim Anblick zweier kuschelnder Krokodile werde ich noch rührseliger. Ich rede von Unschuld und Vertrauen. Tina fragt mich, ob ich schon einmal überlegt hätte, eine Therapie zu machen.

Bevor ich dazu etwas sagen kann, fällt einem kleinen Mädchen ein Ring zwischen die Bodendielen. Der Ring ist vermutlich bloß Tinnef aus dem Kaugummiautomaten, aber das Kind wird nervös und knatschig. Hilfsbereit fische ich mit einem Stift nach dem Schatz. »Das haben wir gleich«, sage ich und stoße etwas grobmotorisch mit der Bleistiftspitze gegen den aufrecht stehenden Ring. Er kullert aus meiner Reichweite in Richtung der zwei kuschelnden Nilkrokodile.

Rasch verabschiede ich mich. Dem Kind ist ja doch nicht mehr zu helfen. Zeit seines Lebens wird es nun Verlust mit Krokodilen verbinden, Schmuck mit Gefahr, Ringe mit ungeschickten Onkeln. Der Zoo ist eine unterschätzte Lebensschule.

Die Tiere hingegen brauchen nicht viel Schule. Ich definiere mit Tina vier einfache Grundregeln: 1. Seid lieb zueinander, es sei denn, jemand stört oder ist lecker. 2. Wann ihr euch von jemand gestört fühlt, liegt in eurem Ermessen. 3. Tut nie mehr als nötig, es sei denn, es macht Spaß. 4. Konzentriert euch auf die Gegenwart, da ist schon genug los.

Ach, dass es Tiere gibt. Landschildkröten schleppen sich mühsam durchs Gras, sind dafür aber hervorragend gepanzert. Schlangen ringeln sich grün und schlank wie Gartenschläuche um Bäume. Elefanten fächeln sich gegenseitig mit den Ohren Luft zu. Giraffen sind sehr groß. In trüben grünen Wassern treibt die wulstige Seekuh mit freundlichem Gesicht.

Ich bin wieder klein, wie zu den Zeiten erster Zoobesuche. Eine gewaltige Phantasie scheint all die verrückten Formen aus sich herausgeschleudert zu haben, wie eine entfesselte Malerin Farbe aus einem Kessel. Lustig und gruselig und wunderschön.

Ich lächele Tina an. Ich will lachen – ein mit dem Universum versöhntes, ganzheitliches Glücks- und Heillachen, aber stattdessen laufen mir plötzlich Tränen die Wangen hinunter. Tina sieht mich interessiert, aber nicht besonders freundlich an. So wie sie es eben mit den Axolotl gemacht hat. Dann greift sie wortlos in ihr Portemonnaie und zieht die Visitenkarte ihrer Therapeutin für mich heraus. Ich aber bin mir sicher: Ich will keine Therapeutin, ich will ein ostasiatisches Ziegenrind zum Freund.

Die Cambridge-Wochen – ein Werkbericht

Wer es als Schriftsteller zu etwas bringen will, der muss eine Aura um sich aufbauen. Gut schreiben können ja viele. Da muss man sich mit seiner Lebensgeschichte absetzen.

Meine Biographie umfasst die Punkte: Geburt im Waldkrankenhaus in Bad Godesberg, Besuch der Grundschule in Wachtberg-Pech, Besuch einer weiterführenden Schule in Bad Godesberg, Studium in Bonn, Rumhängen in Bonn, mit zweiunddreißig Jahren Umzug nach Berlin. Dort wieder rumhängen.

Damit komme ich einfach nicht an gegen Kinder von Nazigrößen, zwangsverheiratete Marokkanerinnen oder Menschen, die als einbeinige Marathonläufer ein Nahtodeserlebnis verarbeiten. Selbst im Rumhängen haben es einige zu weit größerer Meisterschaft gebracht und erfolgreiche Bücher darüber geschrieben.

Bei einem Leben, das noch nicht einmal ereignisarm genug ist, bleibt mir nur noch meine Persönlichkeit, mein Innenleben. Aber auch im Hinblick darauf schleichen sich gewisse Bedenken ein. Bei Licht besehen bin ich ein eher biederes Kerlchen mit ein paar klassischen Wohlstandsneurosen und einem bisweilen erfrischenden Mutterwitz. Das wissen zum Glück nicht so viele. Mit einer guten PR-Kampagne ist also vielleicht noch etwas rauszuholen.

Wichtig scheinen mir, wie bei Karrieren allgemein, Auslandsaufenthalte. Als meiner Freundin ein Gastsemester in Cambridge zugeschanzt wird, wittere ich sogleich meine Chance und sage, Diplomat der Herzen, der ich nun einmal bin: »O Holde, so lange kann ich dich nicht entbehren. Wollen wir nicht gemeinsam nach Cambridge?«

»Wenn es sein muss«, antwortet das bayrische Goldkind mit jenem spröden Charme, der den Alpenländlern eigen ist, und fügt liebenswert schroff hinzu: »Und wie willst du das bezahlen?«

Gefühlvoll antworte ich, Meisterlautenist auf den Seelensaiten meiner Gefährtin: »Gar nicht. Doch du, die du von Stipendien-Geldern ungerechterweise überschwemmt wirst, während mich Stiftung um Stiftung verkennt, weißt bestimmt Abhilfe.«

Das theologische Wohnheim »Margaret Beaufort«, in dem meine Freundin unterkommt, nimmt mich allerdings nicht auf. Zwielichtige Männer sind gegen eine der 125 Hausregeln, die jede Bewohnerin von einer der halbirren Theologinnen als Willkommensgeschenk in einem Aktenordner überreicht bekommt.

So miete ich mir auf Kosten meiner Freundin für fünfhundertfünfzig britische Pfund ein bescheidenes Zimmer in einer Gegend, die mich an Vororte in amerikanischen Vorabendserien erinnert. Vermieterin Mrs Hazel Wyatt-Harpur legt mir ebenfalls einen Ordner mit Regeln vor. Unter anderem ist vermerkt, dass ich nicht mehr als ein Paar Schuhe in die Diele stellen und mir nach 21.30 p. m. in der Küche nur noch einen »Drink fixen« darf. Selbstverständlich darf meine Freundin nicht bei mir übernachten.

Sexersatz sind für meine Freundin und mich der gemeinsame Besuch des theologischen Fernsehraumes. Wie zwei hypnotisierte Kaninchen sitzen wir Abend für Abend vor dem Fernseher und sehen Sendungen wie »Britain's got Talent«, eine weniger feinsinnige Version von »Deutschland sucht den Superstar«, wo die abgewracktesten Löffelbieger des Landes zusammenkommen, um sich für eine Sondervorführung bei der Königsfamilie zu qualifizieren.

Aber wir sind nicht für Sex und Jux in die kleine Universitätsstadt gezogen. Sie will ihre Doktorarbeit beenden, ich den großen Gegenwartsroman schreiben, auf den so viele so sehnsüchtig warten. Solchen Projekten muss sich natürlich auch eine Partnerschaft unterordnen. »Zwischen 21.00 und 22.00 Uhr abends darfst du mich anrufen«, zeige ich mich großzügig. »Da sitze ich noch in der Bibliothek«, zeigt sie sich freiheitsliebend. Mein Projekt steht unter einem guten Stern.

Die erste Woche verbringe ich damit, im Geiste eine Art Werkstattbericht zu verfassen. Anselm Neft – die Cambridge-Wochen. Ich zeichne das Bild eines sehr kontrollierten, fast sperrigen Charakters, der am liebsten für sich ist und in fortgesetzten alchemistischen Prozessen facettenreich leuchtende Ideen-Karfunkel aus ungeahnten Tiefen durch den Schacht des Schreibens in die vergängliche Welt der Worte überführt.

Obendrein entwerfe ich ein fiktives Interview, in dem ich Dinge sage wie: »Sehen Sie, jemand wie Rühmkorf brauchte schon zwei bis drei Wochen für ein paar ordentliche Zeilen. Und der schrieb recht talentfrei Gebrauchsliteratur. Erwarten Sie also nicht in vier Wochen mehr als eine Seite von mir. Ich meine eine Seite, auf der jede Silbe an ihrem Platz ist und kein Buchstabe lügt.« Und dann wieder: »Hinausschleudern. Ich muss es hinausschleudern. Monatelang Dürre, Wüste, absolute Leere. Und dann in einer Nacht fünfzig Seiten. Unmittelbar wie ein Faustschlag.«

In der zweiten Woche befällt mich ein Schnupfen von solchem Ausmaß, dass ich meine, drei Schnupfen zu haben. Am fünften Tage der zweiten Woche richte ich die Normseite für mein Buch ein. Links und rechts ein Rand von zwölf Zentimetern, so dass der Text wie der Mittelstreifen einer Landstraße wirkt. Auf diese Weise kann ich bereits am sechsten Tag verkünden, an einem Tag zehn Seiten geschrieben zu haben. Danach fühle ich mich leer und wund und benötige Ablenkung und neue Inspiration. In der dritten Woche besehe ich mir also die Stadt.

Cambridge ist schnell beschrieben: Die Kulissen der Harry-Potter-Filme werden hier endgelagert. Und wenn nachts die Wasserspeier im weißen Mondlicht über die gotischen Giebel der Colleges flattern, so tragen sie Fahrradhelme. Auch die Elite von Cambridge trägt Fahrradhelme, das ist Brauch, und Brauch und Tradition bedeuten der Elite viel, also trägt sie wie die altehrwürdigen Wasserspeier Fahrradhelme, wobei die Wasserspeier dieses Gebaren angeblich von der Elite angenommen haben, was verwirrend ist, zumal Wasserspeier nicht Fahrrad fahren.

Vor ihrer College-Zeit wird die Elite in Privatschulen ausgebildet, die der Engländer in orwellschem Neusprech »public schools« nennt. Diese Privatschulen liegen am Rand von Mooren und Wäldern und bergen nur Jugendliche einer Klasse und eines Geschlechts, die dort charakterlich so weit verdorben werden, bis sie sich später nur noch ein Leben als Führungsriege des Landes vorstellen können.

Nun bin ich in Cambridge von ihnen umgeben: Käsige Gestalten, die wie geschlechtskranke Tropenvögel durch die Gegend staksen, rascheln durch die ehrwürdigen Bibliotheken, spielen narkotisierend langweilige Ballsportarten auf endlosen Grünflächen oder schlüpfen in sogenannte »gowns«, um »formal dinners« zu zelebrieren, bei denen die Gesprächszeiten mit linkem und rechtem Sitznachbarn auf die Minute genau vorgeschrieben sind. Ein sprechender Hut verkündet die Regeln und ahndet Verstöße durch Kopfnüsse und ungesalzene Kost. Ständig erwartet man, ein Mime der Monty-Python-Komiker komme im nächsten Moment um die Ecke, in der Absicht, diesen oft sonderbar windschiefen Visagen einen schrillen Jux zu entlocken, doch nichts geschieht.

Allerdings hat Cambridge auch noch ein anderes Gesicht: Stiernacken in Jeans und gebügelten hellblauen Hemden, die rotfressig in den Pubs stehen und mir mehr Angst machen als alles, was ich bisher in Deutschland an Testosteronbombern gesehen habe. Der handelsübliche deutsche Nazi wirkt gegen diese Kameraden anschmiegsam und verträumt. Die Gespielinnen dieser Raubeine sind nicht weniger furchteinflößend, wenngleich gerade deutsche Frauen, die sich oft fragen, ob dieses oder jenes Kleid noch züchtig genug oder dieses oder jenes Verhalten denn überhaupt noch damenhaft sei, beim Anblick bestimmter Britinnen auch ein Gefühl der Befreiung empfinden dürften.

Würde Hella von Sinnen mit einer Horde am Arsch tätowierter Weiber, aufgebrezelt und mit Häschen-Ohren gekrönt, in das überschaubare Nachtleben von Cambridge einfallen – sie fiele unangenehm auf: zu leise, zu dezent, zu subtil, zu feinsinnig, ja, eine Spaßbremse, wie man sie hier einfach nicht haben will. Außerdem hätte sie im Vergleich viel zu viel an. Die Britinnen nämlich zeigen sommers wie winters gern ihre Haut und bedecken in der Öffentlichkeit lediglich ihre Schamlippen und einen Teil der Brustwarzen. Ganze Liederzyklen sollten britischen Dekolletés gewidmet werden. Unglaubliche Dekolletés, die zwei Wochen lang im Wasser aufgeweichte Riesenmarshmallows freilegen, kunstvoll so zusammengepresst, dass sie gleichzeitig oben herausquellen und unten durchdrücken, während sich in der Mitte eine Art inverse Igelschnauze bildet. Das klingt grotesk, aber wer es gesehen hat, wird meine Beschreibung als korrekt erkennen.

Cambridge ist wie Dr. Jekyll und Mr Hyde: Tagsüber vergeistigte Weetabix-Gesichter, die in riesigen Speisesälen unter den Blicken ölgemalter Dekane in vollem Ornat hastig ihre ungewürzten Hammeleintöpfe verdrücken. Nachts ein Jagdgrund völlig entfesselter Hetären, die sich von skrupellosen Schiffschaukelbremsern auf dem Kneipenklo durchwienern lassen, während sie unter seelenlosen Stößen ihr achtes Heineken auf den Siphonkasten kotzen.

Meine Freundin behauptet, dass abends die Proleten aus den umliegenden Kaffs einfallen, um auf reiche Studenten und Studentinnen Jagd zu machen. Mir ist das irgendwie zu einfach. Ich glaube, dass hier ganz spezielle Drogen oder von Pflanzen versprühte Nervengifte am Werke sind, die die ständig paukenden Elite-Lümmel für einige Stunden in brünftige Bier-Eber und die hochaufgeschossenen Lern-Antilopen in dralle Fick-Schweinchen verwandeln. Anders wäre ja weder das eine noch das andere auszuhalten.

Mein Schreiben wandelt sich mehr und mehr in ein zähes Ringen. Haltlos und zugleich völlig kontrolliert mische ich Reflexion mit Erzählung, Reisebericht mit Liebesgeschichte, satirische Ausführungen mit der schonungslosen Schilderung seelischer Zustände. Wort für Wort wird geprüft und für würdig befunden oder verworfen. Mit großem Ernst und gespenstischer Konzentration errichte ich in einem Zustand ständigen inneren Zitterns eine Kathedrale aus wahrhaftigen und tiefempfundenen Sätzen, die gleichzeitig jeden Menschen betreffen und doch so unverwechselbar eigen und intim sind.

Inmitten dieses Kampfes erscheint mir Anfang der vierten Woche zum ersten Mal der Inder. Aufrecht steht er in der Küche neben dem mit Eichenholzimitat verkleideten Kühlschrank und lächelt mich an. »My friend«, sagt er, »truth must come from within. You have to feel it.« Ich nicke.

Am nächsten Tag läuft mir der Inder auf dem Flur

über den Weg, grüßt mit einer kleinen Verbeugung und sagt: »It's not about the physical strength, it's the mental strength, which makes somebody a true warrior, you know? Look – I am a communist. I read Marx. It's not fair if some are poor and some are rich. But it seems to be the law of the world.«

Mir wird etwas unheimlich zumute. Meine Vermieterin hat nichts von einem indischen Mitbewohner verlauten lassen.

Spätestens als der namenlose Inder plötzlich neben meinem Schreibtisch auftaucht, dämmert mir, dass es sich um einen ganz besonderen Gast handelt. »Some people are not truthful. They are two-faced, my friend. You have to look with the heart, not with the eyes. In the end, we are all human.« Bei diesem Satz stehen ihm kurz Tränen in den Augen. »We all are born and we all have to die, even you, my friend. And in the end, we all look for happiness. But it can only be found within yourself, my friend.« Der Inder sieht mich ernst an. Er riecht nach nichts.

Ich finde wenig Schlaf, da nicht selten der Namenlose an meinem Bettrand sitzt und mir aus einem Gedichtband von Erich Fried vorliest. Nicke ich schließlich doch ein, wache ich bald wieder auf und sehe das Gesicht meines Besuchers, angeleuchtet vom schimmernden Bildschirm meines Laptops. Versonnen tippt er in meinem Manuskript herum. Streicht hier und ergänzt da. Hauptsächlich ergänzt er. Seiten- und kapitelweise. Mein Romanfragment wuchert von zehn auf hundertzwanzig Seiten in wenigen solcher Nächte.

Lese ich anderntags mit Augen, die sich nur noch

in ihren Höhlen verstecken wollen, was da Stück für Stück mit meinem Buch geschieht, wird mir bang.

Da mir wirklich nicht einfällt, wie ich der Spukgestalt Herr werden kann, frage ich meine Freundin um Rat. Sie zeigt sich bestürzt und gesteht schließlich unter Tränen, dass auch ihr jemand erscheint, ein entsetzlicher Popanz, der manchmal inmitten des ernsthaftesten Arbeitens in der Bibliothek aufkreuzt: ein rheinischer Karnevalist, der sich »der Brill« nennt und angeblich ursprünglich ein wichtiger Bestandteil des Dreigestirns gewesen sei. Je präziser und analytischer sie vorgehe, desto schwammiger argumentiere der Brill, je mehr sie sich zu Ernst und Fleiß antreibe, desto laxer und alberner erscheine der Karnevalist. An manchen Tagen käme er mit Badelatschen und nur einer Deutschlandfahne am Leib in die Bibliothek, um sie zu Grillwurst und Dosenbier im Park abzuholen.

Ich gestehe meiner Freundin, dass sich mein Inder umso oberflächlicher, sentimentaler und geschwätziger gebärdet, je mehr ich mich mühe, ein guter Schriftsteller zu sein.

Am Ende hilft alles nichts: Das letzte gemeinsame Wochenende lassen wir die Arbeit Arbeit sein und gehen zu viert in den Park. Der Brill singt mit meiner Freundin rheinische Lieder, der Inder schwätzt wichtigtuerisch vom Glück, das man nur in sich selbst findet. Meine Freundin hat irgendwo bei den Theologinnen Gras aufgetrieben und baut uns einige Tüten, die vor allem der Brill mit Genuss inhaliert. Es dauert nicht lange, und meine Freundin dichtet über unsere gemeinsame Zeit:

»Für jedes Autsch sieben Süß.
Sieben Lieb für jedes Bös.
Für jedes Brüll sieben Küss.
Sieben Trau für jedes Miss.«

Wir küssen uns sehr schön. Als wir eine Pause machen, entdecken wir, dass sich der Brill und der Inder aus dem Staub gemacht haben.

Erleichtert liegen wir nebeneinander im Gras und sehen zu den Sternen und lachen, weil über den Baumwipfeln ein Wasserspeier mit Fahrradhelm kreist.

Der Irre vom Ringcenter

Am Anfang schlief ich sehr tief und sehr fest. Und mein Körper war taub und starr, und es war finster vor meinen Augen, und mein Geist schwebte über der Brühe, die in meinem Schädel schwappte.

Dann blitzte etwas hinter meinen geschlossenen Lidern, und es wurde gleißend hell, und für einen Augenblick schied sich das Licht von der Finsternis, und mir wurde speiübel. Und ich nannte die Dunkelheit Freund, das Licht aber Schmerz.

Gott, war mir schlecht.

Zum ersten Mal in meinem Leben glaubte ich, mein Gehirn spüren zu können, wie es lose im Schädel von links nach rechts rutschte und pulsierte. Von dort zog sich ein Draht bis zu meinem Magen, wickelte ihn als Schlinge ein und quetschte mit jedem Pulsschlag sauer ätzenden Saft die Speiseröhre hinauf. Auf der pechschwarzen Leinwand meiner geschlossenen Lider trieben brackwasserfarbene Flecken mit grünschillernden Rändern von links unten nach rechts oben, während mein Körper völlig unbewegt dalag, wie in zentimeterdicken Teig eingebacken.

Ich trieb auf einem Floß zwischen Gestaden verbrauchter Luft, während sich nach und nach Erinnerungen einstellten, matt und weit weg, wie verblassende Träume. Ich sah mich selbst an einem Tresen stehen, eine Fratze des Frohsinns anstelle eines Gesichts, und hörte mich sagen: »Einen können wir doch noch.«

Mit einem Ruck riss ich die Lider auf. Ein Blitz schoss durch meinen Schädel und zerfetzte die Brücke zwischen linker und rechter Gehirnhälfte zu schmorenden Trümmern. Gallige Wasser trieben aus meinem Magen herauf, hielten kurz vor der Mündung inne und flossen zurück. Ich stieß einen Urlaut aus.

Gott, war mir schlecht. So schlecht.

Irgendwann tat ich etwas kaum Vorstellbares: Ich richtete mich auf. Ein Akt, der meinen Körper in einen kalten Schweißfilm tauchte. Die Kraft zu dieser Anstrengung war mir von einer Vision verliehen worden: einer eisbeschlagenen Glasflasche randvoll mit schwarzer Flüssigkeit – Coca Cola.

Durch mein erfolgreiches Aufsetzen übermütig geworden, fasste ich einen Entschluss: Rausgehen und eine Cola kaufen. Nicht irgendwo, sondern im Ringcenter II, dem ernüchterndsten Ort, den ich kannte. Dort würde ich unter den Sterblichen wandeln und Buße tun und schließlich den legendären Cola-Quell offenbart bekommen, der den Fluch des Durstes und der Übelkeit von mir nehmen sollte.

Mir war vielleicht nicht voll bewusst, auf welches Abenteuer ich mich einließ, wie weit und beschwerlich meine Wanderschaft werden würde. Doch hätte ich mich sonst unter Jammern und Klagen von der schweißfeuchten Matratze erhoben? Hätte ich mich mit der Wand als Halt bis zur Küche vorgearbeitet, dort nach einem Besenstiel gegriffen und mich mit dieser Stütze ins Treppenhaus vorgewagt, wo mich ein teuflischer Schwindel beinahe in die Knie zwang?

Inmitten des Schwindels tauchten die aufgedunsenen Gesichter von Hatschi und Monika wieder vor mir auf. »Ja, klar. Einer geht noch.«

Während ich mich ächzend am Geländer festklammerte, fiel es mir wieder ein: das Jessner-Eck. Genau dort musste ich unverschuldet in ein volkstümliches Symposion geraten sein. Eine neue Welle ganzheitlicher Übelkeit schwappte durch mein Wesen. Dämonische Bilder von einer Polonaise im Schankraum und einem Engtanz mit einer Frau im Leopardenoberteil stiegen aus dem Dämmer meines Bewusstseins ans Licht und trieben mich die Treppe hinunter. Ich schaffte es auf den Hof. Ich schaffte es in den Hausflur. Ich schaffte es auf die Straße. Dort drosch mich die gleißende Wintersonne in die Hocke. Meine Netzhäute schwitzten, bis mir salzige Wasser aus den Augenwinkeln liefen. Kühn hob ich mein Haupt und blickte. Rund um mich herum erstreckte sich Beton in alle Richtungen, darunter surrende Kabel, röhrende Kanalwasser und kreischende Bahnen. Darauf trampelnde Menschen und Autos, die mit der Geschwindigkeit und dem Krach von Düsenfliegern das Viertel zerschnitten.

Entschlossen nahm ich meinen Stecken und wuchtete seine Spitze in den von Schneematsch bedeckten Boden. Ein Schritt war gemacht und bald ein zweiter. Als ich nach vielen Minuten einmal kurz aufsah, starrte mir ein Kind ins Gesicht. Sein Blick stürzte in meine Augen, meiner in seine, der eine dem Abgrund des anderen ausgeliefert. Das Kind wurde unter roter Bommelmütze blass und begann zu zittern. Ich zitterte ohnehin. Die Kälte war mein Kleid. »Ja, schau ihn dir nur gut an, den sauberen Herrn, und präg es dir ein«, hörte ich eine mütterliche Stimme außerhalb meines eingeschränkten Sichtfeldes. Mutig setzte ich meinen Stab ein weiteres Mal auf.

Nach gut hundert Metern und einer Stunde stimmte ich einen Gesang an, der mir Kraft für meinen langen Marsch verleihen sollte.

Ich hatte den Kehrvers des schwedischen Doom-Metal-Songs vielleicht zum fünften oder sechsten Mal geröchelt, als ich die Ecke Boxhagener/Neue Bahnhofstraße erreichte. Als stolzer Jagdfalke flog mein Blick die Schneise zwischen Friedrichshain und Lichtenberg hinunter, bis er in der Ferne in Wintergrau und Griesel das Ringcenter erahnen konnte.

Mochte das Cola-Eldorado auch nur eine Mär sein, ein Truggebilde, eine Phantasterei, um die Unglücklichen zu trösten – ich würde mich aufmachen, es dem Reich der Fabel zu entreißen, oder bei dem Versuch zugrunde gehen. Wie Moses würde ich das geknechtete Volk meiner entwässerten Hirnzellen in das gelobte Land von Zucker, Koffein und Kohlensäure führen.

Den Stecken mittlerweile mit beiden Händen haltend, durchmaß ich die Neue Bahnhofstraße wie der ewige Fährmann den Fluss des Leides. Ein harscher Wind kitzelte den ethanolhaltigen Schweiß meiner

Brauen, Ungeziefer trieb seinen Schabernack an den Halmen meiner Haare, Krähenvögel umkreisten den schwarzen Wasserturm des Ostkreuzes oder trieben von dort im Sturmwind zum Ringcenter herüber und stießen ihre verzweifelten Schreie in den dunkelnden Himmel.

Auf der Höhe eines Exerzierplatzes für Hunde fragte mich ein junger Mann in falschem Pelz, ob alles in Ordnung sei. Ich nickte grimmig, blieb aber nicht stehen. Ich war Tausende von Jahren alt, ich war die Stadt, die durch sich selbst ging, und ich kannte mein Ziel. Künftige Generationen würden an Lagerfeuern mit leuchtenden Augen von meiner Wanderschaft zum Ringcenter erzählen, Epen würden gedichtet, Religionen gestiftet werden. Kafkas Schloss würde als trübsinniges Gleichnis in Vergessenheit geraten, während Nefts Ringcenter in den Herzen der Menschen als sehnsüchtig brennende Hoffnung fortdauerte. Was kümmerte mich da der Wunsch des jungen Mannes nach Plausch und Nettigkeit oder mein eigenes Gefühl, beim nächsten Meter zusammenzubrechen und in einem Haufen aus Schnee und Hundekot zu verenden?

Es finsterte, als ich unweit eines Bahnübergangs an splitterglitzerndem Bürgersteig die Gaststätte »Igel« erreichte. Handbeschriebenes Papier hinter Fensterglas gab einen nützlichen Hinweis: »Wo schmeckt das Bier? Hier!« Ich hielt inne. Gemächlich hob ich eine Hand bis zum Kinn und kratzte mir versonnen die Bartstoppeln. Wieder suchten mich Erinnerungen heim: ich, wie ich »Lokalrunde« brüllte, Hantiererei mit Tequila-Gläschen, die Frau im Leopardenoberteil an meine Seite gelehnt, eine nikotinsaure Zunge in meinem Mund, Phil Collins aus einer verschwommen blinkenden Kompaktanlage. *Another day in paradise.*

Ganz vorsichtig schüttelte ich den Kopf und sagte zu mir selbst: »Nein. Cola wirst du trinken. Aus der Flasche und im Ringcenter.« Und abermals meinen Gesang anstimmend, zog ich weiter.

Schließlich trennte mich nur noch eine vierspurige Straße vom wuchtigen Bau des Ringcenters, über dessen Kuppel fern und tonlos das Lichterspiel wetterleuchtender Blitze den Nachthimmel entzündete. An der Ampel sank mir der Kopf wieder in Richtung Brust, und mein zu Boden gerichteter Blick fiel auf ein kleines Unkraut. Durch Winterkälte und Beton hatte es sich seinen Weg gebahnt, nur um nun ohne einen Gefährten der Witterung inmitten einer Asphaltwüste zu trotzen. Ich zitterte heftiger und fühlte Tränen im unteren Drittel meiner Augen aufsteigen. »Du liebes Kraut«, flüsterte ich. »Du guter, tapferer Halm.«

Es wurde grün. Keck leuchtete der im Gehen erstarrte Ampelmann. Schlurfend überquerte ich die Straße. Je näher ich der erlösenden Cola zu kommen schien, desto öfter sah ich mich zweifelnden Gedanken ausgeliefert: Was, wenn der schwarze Trunk nur ein abgeschmackter Abklatsch meiner mit jedem Schritt gewachsenen Sehnsucht sein würde? Was, wenn im Triumph die Trauer, am Ende des Weges die Verzweiflung auf mich wartete?

Doch schon stand ich auf jenem Marktgeviert, das zur Rechten von mausgrauen Säulen, zur Linken aber von der Bäckerei Ditsch, von Nordsee-, Subway- und McDonald's-Filialen gesäumt wird. Ein Huhn im Menschenkostüm kreuzte meinen Weg. Ein dicker Mann trug brutzelnde Würste auf rundem Rost vor prallem Bauch. Über mir erstreckten sich die stählernen Streben einer Dachkonstruktion, in deren mittlerer Leiste runde, kalte Lichtlein glommen. Am Ende des Lichterpfades sah ich über munter kreiselnder Drehtür die roten Lettern »Ring-Center 2«.

Zwar hätte ich mir auch am McDonald's-Tresen eine Cola kaufen können, doch hatte meine Vision eindeutig von Cola in einer Flasche, nicht in einem Pappbecher gekündet. Ich musste also durch die Drehtür. Das war allerdings leichter gedacht als getan, denn die Vorrichtung drehte sich mit unerhörter Geschwindigkeit. Allein wenn ich dabei zusah, wie sich unerschrockene Berlinerinnen und Berliner auf der einen Seite in das Ungetüm hinein- und auf der anderen herausstürzten, wuchs meine Übelkeit. Auch machte mich die Betrachtung der Menschen trübsinnig. Besonders traurig wurde ich beim Anblick der Stiefel der Frauen: wulstig und abgewetzt, speckig und hässlich, wie um den Fuß herumwuchernder Pilzbefall.

Welche Regierung kann es zulassen, dass die Töchter des Landes in so elendem Schuhwerk einhergehen müssen, welcher Staatsdiener findet da noch Ruhe in der Nacht? Aber es half nichts. Das Lichtenberger Schuhproblem würde ich nicht lösen können, wenn ich mich nicht vorher an einer Cola erfrischte.

Entschlossen trat ich in den Kreisel und steckte sofort fest. Der Besenstiel musste sich verkantet haben, was den Menschen um mich herum Gelegenheit gab, ihrer ohnmächtigen Wut Luft zu machen. Beschimpfungen mischten sich mit hämmernden Schlägen gegen das Plexiglas, ohne dass sich sagen ließ, welche Kunden ärger tobten: die, die unbedingt in das Ring-Center 2 hinein-, oder die, die unbedingt wieder herauswollten. Ich sang leise mein Leid und wurde irgendwann in eine Passage ausgespien, in der mich auf einer Fläche aus Friedhofsmarmor ein mannshoher, zweidimensionaler Frauenkopf, falsche Pflanzen und bitterböse Menschen erwarteten.

»Wo hamse den denn rausgelassen?«, hörte ich jemanden sagen. Drei junge Männer standen vor mir und wirkten erregt. Gekleidet waren sie in schwarze Jacken, Palästinenserschals und Springerstiefel. Einer trug die Haare millimeterkurz, einer schulterlang, der dritte noch länger. »Ey, Alter, zieh dir mal was an!«, bellte der Kurzgeschorene. »Pass auf, der hattse nich alle«, sagte sein Nebenmann halblaut, die Augen auf mich gerichtet wie auf einen zwar kleinen, aber ausgesprochen grellgefärbten Frosch.

Die Palästinenserschals erinnerten mich an das modische Beiwerk, mit dem meine Schwestern in den achtziger Jahren ihre politische Gesinnung ins Textile hatten gerinnen lassen. Beruhigt erkannte ich in den jungen Männern Linke, also letzten Endes Humanisten, wenn auch derben Zuschnitts.

»Lasst mich durch, Genossen!«, sagte ich mit großer Anstrengung. Erst jetzt bemerkte ich den wulstigen Pitbull an der Leine des Kurzgeschorenen. Aus verquollenen Augen glotzte mich die Missgestalt freudlos an.

»Ey, der tickt doch nich janz sauber!«, erhitzte sich der eine.

»Ick jeb dir Jenosse, du Scheiße!«, sagte der andere und schlug mir ohne Vorwarnung in den Magen. Durch den plötzlichen Körperkontakt merkwürdig aufgemuntert, klappte ich nach vorne zusammen und gab endlich einer lange unterdrückten Regung nach. In großem Schwall erbrach ich mich auf den traurig guckenden Kampfhund. Dem ersten Strahl folgten weitere. Der Pitbull war bald kaum noch zu erkennen. Einzelne Bröckchen klatschten auch auf meine Füße, und erst jetzt sah ich, dass ich bloß Strümpfe trug. Während einer der merkwürdigen Linken anfing zu schluchzen, wanderte mein Blick die Strümpfe weiter hinauf und fiel auf zwei dünne, bleiche, mit Gänsehaut und schwarzen Haaren übersäte Beine.

»Der hat Odin volljekotzt, boh, die Zecke hat Odin volljekotzt!«, wiederholte einer der jungen Männer wie ein Rosenkranzgebet, während der Hund seltsam still blieb.

Mit letzter Kraft richtete ich mich auf, jetzt im Bewusstsein nicht nur meiner ganzen trostlosen äußeren Erscheinung, sondern auch eines Scheiterns, das mich erst vollends zum Menschen machte.

Auf den Besenstiel gestützt, sah ich aus postapokalyptischen Augen auf die drei jungen Männer, wie sie sich um den besudelten Hund bemühten. Ich hätte gerne gefragt, ob mir einer von ihnen etwas Geld für eine Cola borgen könnte, sah aber ein, dass mit den Halbstarken kein Staat zu machen war.

Langsam, aber unbeirrt setzte ich wieder einen Fuß

vor den anderen, diesmal zurück zur Drehtür, und hielt nur einmal kurz inne, als ein vermeintlicher Rülpser in einen weiteren Auswurf nun bitter schmeckender Galle überging.

Hinter mir war eine Schlägerei ausgebrochen, aber ich bekam kaum etwas davon mit, weil mich bereits die runde, von Plexiglaswänden unterteilte Kabine aufgenommen hatte.

Ich war gerade ins Freie gelangt, als mich jemand am Arm berührte. Eine Erscheinung in Bomberjacke und Tarnhosen, in der ich sofort einen übergewichtigen Rechtsradikalen zu erkennen glaubte.

»Ey, Alter, echt korrekt, wie du die Nazischweine alle gemacht hast. Die mit ihren Tölen. Sach mal, frierste nich? Willsten Bier?«

»Cola«, hauchte ich matt.

»Hab ick nich im Programm, aber hol ick dir. Echt coole Aktion.«

Ich stand, wartete und merkte, dass ich fror, aber auf eine entrückte Weise. Nun fielen mir auch die Blicke der Passanten auf. Ich lächelte niedlich, bis mich das Gefühl beschlich, dadurch noch wahnsinniger zu wirken.

Der gute Bote tauchte tatsächlich wieder auf, in der Hand eine Flasche Cola. Ich dankte, nahm die Flasche entgegen und verabschiedete mich.

Beim Ampelhalm stellte ich die ungeöffnete Flasche ab und stand eine Weile andächtig da. Eine Woge weinerlichen Hangover-Heldentums trieb mir Tränen in die Augen.

Plötzlich schien es mir, als vernähme ich die Stimme des kleinen Krauts. Es war so weit – die Stimme der Allnatur sprach durch diese betonsprengende Pflanze zu mir: »Du dummes Arschloch!«

Beschämt senkte ich den Kopf. Dann machte ich mich auf den langen Weg nach Hause.

Brief an die Gemeinde

Anselm Wolfger Neft, im Wachtberger Ländchen der Messias geheißen, schreibet euch diesen Brief zur Ermahnung und als Leitfaden. Gnade und Frieden sei mit euch von Gott, unserem Vater, und von Jesus Christus, dem Herrn. Fragt euch nicht, wie es mir hier ergeht, hier in der Fremde, bei harschem Regen und frostigen Winden. Fragt euch nicht, wovon ich zehre, wo ich mein Haupt zur Ruhe bette und wie ich dem beständigen Ansturm der Heiden und Abtrünnigen standhalte. Denn nicht um meinetwillen sollt ihr euch sorgen, sondern nur um eure eigene Seele, ob diese dem Herrn wohlgefällig oder etwa ein Gräuel. Findet ihr aber eure Seele rein, dann sollt ihr auch nach eurem Nachbarn sehen, indem ihr die Gardinen ein Stück zur Seite zieht und Ausschau haltet auf sein Treiben in der Straße, in seinem Garten oder Wohnzimmer.

Wann aber wisst ihr, ob eure Seele rein ist? Nun, fragt euch das Folgende und nach Möglichkeit noch mehr: Habe ich mein Grundstück gut erhalten, wie der Messias es mir aufgetragen? Habe ich es mit einem Jägerzaun umgrenzt, mit Zwergen oder selbstgehauenen Holzskulpturen verziert und jedes Unkraut ausgerissen? Habe ich die Böden klug mit Gift getränkt, auf dass nur edler Rasen wächst und sonst nichts? Habe ich des Samstags meinen Wagen gewaschen? Ziert meine Tür ein Familienschild aus Salzteig? Ist mein Fernsehapparat neu und modern, so wie all mein Küchen- und Haushaltsgerät? Sind meine Kinder wohlfrisiert und anständig angezogen, wenn sie das Haus verlasse oder führen sie meine Schande in den Straßen spazieren, stellen sie meine Versäumnisse zur Schau?

Bin ich regelmäßig in die Kirche gegangen, oder ist mir wieder anderes wichtiger gewesen als mein Dienst an Gott in der Höh? War ich für mich selbst bescheiden, aber freigebig gegen meinen Nächsten? Habe ich dem Schornsteinfeger ein gutes Trinkgeld gegeben und dem Müllmann? Habe ich die von behinderten Kindern gemalten Karten gekauft, die Hefte der Zeugen Jehovas aber abgelehnt? Habe ich gutes Geld in den Opferstock gelegt oder doch nur die wertlosen Münzen vom letzten Asien-Urlaub? War ich streng zu mir selbst, aber milde zu meinem Nächsten? Habe ich nicht mit dem Finger auf jene Männer gezeigt, die sich geschlechtlich mit anderen Männern vereinen? Habe ich mich vielmehr in Toleranz geübt und gedacht, dass Gott zu richten hat und nicht ich? Habe ich mich über die frivolen Ausschweifungen anderer gegrämt, oder war ich vielmehr dankbar dafür, dass es um mich nicht so bestellt ist?

Habe ich meine Rolle als Mann oder als Frau in Haus und Gemeinde ernst genommen und ausgefüllt? War ich gut zu den Ausländern in unserem Dorf? Habe ich langsam und einfach mit ihnen gesprochen und ihnen ab und an eine Süßigkeit zugesteckt, oder habe ich sie kalten Herzens geschnitten, weil dunkle Vorurteile mir das Herz verengten? Und habe ich gespendet für die armen Waisen und die weisen Armen in dieser Welt? Für die Bedauernswerten, die durch Gottes unergründlichen Ratschluss kaum das Nötigste haben, während ich in Prunk einherwandeln darf? Und habe ich auch meinen Müll getrennt, auf dass nicht andere die Drecksarbeit für mich tun müssen? Habe ich ein Apfelbäumchen gepflanzt? Habe ich auch schon einmal das Auto stehengelassen und statt des Lifts die Treppe benutzt? Und habe ich beim Verzehr meiner abendlichen Pralinen auch an die Obdachlosen gedacht, die faul waren und trunksüchtig und dafür nun ein so schlimmes Schicksal erleiden müssen? War ich stets dankbar dafür, dass Gott mich so fleißig und diszipliniert erschaffen hat, auf dass mein Leben angenehm und mein Konto wohlgefüllt ist?

Wenn ihr all diese Fragen so beantworten könnt, wie euer Herz euch wissen lässt, dass es richtig ist, so seid ihr rein und ausersehen, euren Nachbarn mit sanftem Druck zur gleichen Reinheit anzuhalten.

Während in den großen Städten aus Schorf Döner wird, soll unser Dorf schöner werden, auf dass niemand sagen kann, bei uns hausten die Liederlichen und Unfrommen und die Fassaden seien nicht hübsch bemalt. Vielmehr soll sich ein jeder Bürger Wachtberg-Pechs von den verkommenen Wachtberg-Villipern unterscheiden, die dem Herrn schon lange ein Dorn im Auge sind. Zerschmettert ihre Leiber beim Sportfest, züchtigt ihre Frauen und bespuckt ihre Kinder.

P.S.: Und gebt meiner Mutter, der hochverehrten Jungfrau, das beiliegende Gewand zurück. Sagt ihr, es hat mir gute Dienste geleistet, doch nun brauche ich es nicht mehr.